南方從來不下雪

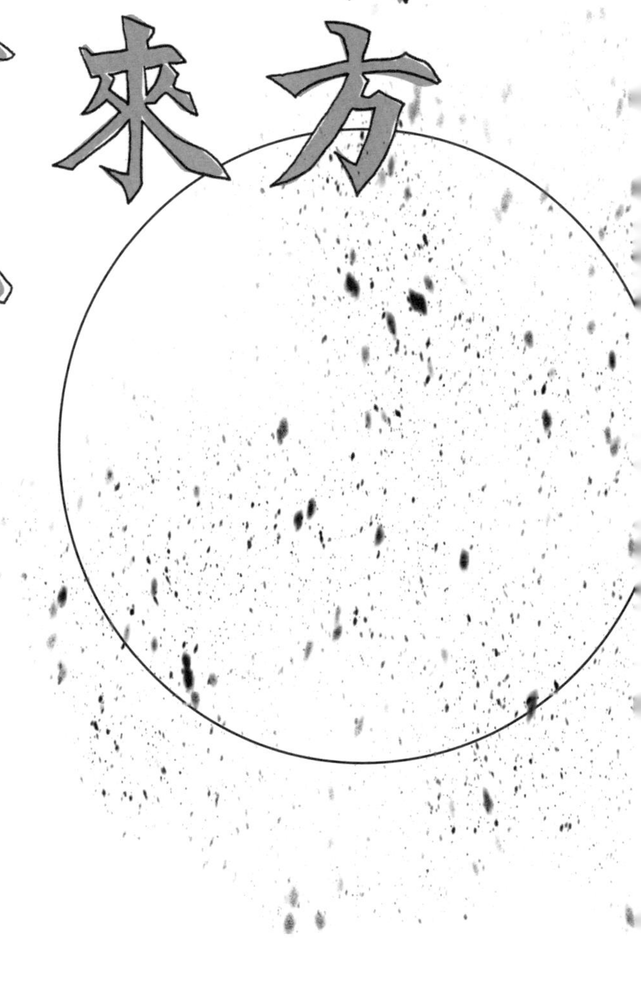

目次

歸位

1

害怕嗎？

飛沙石亂的粉塵持續襲捲到眼前，令他雙眼陷入強烈刺痛。張世祺沒有一處不痛。痛是火，火像暴猛的獸，切開脊髓，灌進惡毒的痛。他沒有選擇，眼前車輛發出尖銳噪音，毫不保留的哭喊從斷裂的地層傳出，整條路瀰漫強烈的毀滅感。

這是恐怖攻擊嗎？他想找誰一問，可是身邊一個能正常說話的人都沒有，每個人似乎都以奇怪的扭曲姿態散落在近處。他伸手，試圖攔截任何一截褲腳，不過卻被頻傳的尖叫聲弄得更疲倦了。

現在，他最想立刻確定自己的腿是不是完好？五臟六腑呢？這類念頭越不規則閃現，他越沒辦法說服自己冷靜。他每呼吸一口，就能聽到某樣龐然巨物頹圮的聲響。不會死的，不會死，他瘋狂催眠自己。

不遠處響起鳴笛聲，他沒有理由在這裡放棄。

2

一個小時前，她以為發生了地震，可是玻璃窗外忽然映現的火球人如太陽。林瑪莉關掉電視，先是疑惑於極嚇人的爆炸聲，爾後衝進房內，從房間抱起剛睡著的孩子。他嘴唇下意識蠕動，竟沒被嚇醒。她張望窗外，發現地面巷道早已擠滿了人。本來，她想打電話給人在中國的先生，想了幾秒，放下手機，拿起錢包，隨意套上帆布鞋，打算抱著孩子往下走。

十七樓高的樓梯究竟有多高，平常毫不在意地搭著電梯，這次，她站在逃生門旁的窗戶往下看，地面的摩托車化約為一個個移動小點。

宛如罹患飛蚊症。

她壓抑恐懼，忍耐眼前所見，一步步向下。斷續出現的爆炸聲和不期然的搖盪感——她憂心樓層下一秒將如夾心脆餅折成兩半，而自己與孩子正在其中。因此，只能依靠內心輕聲呼喚孩子小名與不停禱告、念誦每尊她知道的神祇來壯膽。隨著腰與膝蓋的壓力，她對神的呼喚越來越大聲，宛如深契儀式。直至渾身痠痛到不能支撐時，她終於眼冒金星地來到地面。

走出巷口，數百公尺主要幹道已成塌陷大坑，人孔蓋、機車、汽車四處散落，沒有任何東西完好正常。她想問身邊的陌生人該去哪避難？然而，能行動的人不停撥打電話，高聲說話。除外，就是雙腳行動不便，坐在輪椅上張口瞪視的老人家，愣嚇得發出嗚嗚聲，似想說，又未能置辭。

無法決定該走哪個方向，林瑀莉下意識選了接近瑞隆路段的方向前行。

空氣中的危險氣氛，讓她決定再試著撥電話給丈夫。響了一陣，手機接通了，這一霎她突然放鬆下來，聲音哽咽，叫了「老公」，話筒另一端卻傳來過於慵懶的語調。她沒聽到任何可疑的聲音，反倒是自己這兒聲音喧騰得很。

她對老公說現在發生大事了，所以要帶孩子去避難。

「什麼？」

懶洋洋的聲音不知為什麼讓她生起氣來。

「我們房子那邊發生爆——」語音未完，她像是想起什麼似的，比猶豫更快了一秒。人孔蓋從她背後飛騰升空，她低著頭看著孩子像龍眼般的眼珠，一秒都沒回頭看，卻知道一條火紅巨龍隔著她，差點要在小轡身上留下鴻爪。

直覺拎著她朝騎樓那兒狂奔而去，血管中竄流的彷彿不是血液，而是別的，平常辨認不出的異物。她不曉得自己怎麼做到，只是感覺身腔開始脹大膨皮，胸口深處緊縮著，意識還未開始啟動，身體卻已將孩子當作湯圓餡，團團包裹著他。

塵埃大規模降落，空氣灼燙，焦味無所不在。

她低頭確認小轡的狀況，驚覺他的額頭正在冒血。她掏出手帕來按壓孩子的額頭，豔紅而強烈的血依然滲出手帕，直接在小小的臉龐上靜謐地流著。除了頭，孩子的腳也灼傷了。一時之間，她慌了手腳，手邊什麼都沒有，該先處理燒傷還是頭部的傷勢？或許是她的瞳仁深處映射了恐懼，乍然——胸口傳來哇哇嚎哭。

害怕是有聲的，它在神識深處鑽刨入心。

她沒保護好他！

念頭竄起的這一刻，馬路，開始一期一期不定的陣痛，周遭令林瑪莉感覺像是瞬間位移置換到異空間，恐懼隱脅，眼前的陌生人成了一尊尊土偶，泥灰滿面地抱著頭或蜷曲或匍臥，劇烈的哀號和倔強的不屈互相拉鋸。很快地，她把目光轉回到孩子身上，下一波巍巍欲坍的末日感穿進胸腔，鼓動了聲音——誰來救……手機早已拋飛得無影無蹤。站起身來，卻差點跌倒。她強迫自己深呼吸幾次，謹慎避開碰踏即毀的殘墟，渾身緊繃地在四周燂爍的狀況下，沿途張望救援。急找救兵的短暫時刻裡，孩子停止哭泣，睜大了眼直瞅著她。她對折手帕，換個乾淨的面壓緊他的傷口，半面吸滿血液的帕巾，將她的指縫、甲面全印染上稠紅。

「小譽，你乖。」懷中的孩子開始半瞇著眼。

她連聲勸撫：「你現在不能睡，好不好，媽媽帶你去買佩佩豬造型蛋糕。」她不放棄找尋摔飛的手機，奇蹟似的，她在碎玻璃堆中找到了。稍拭塵埃，一碰觸面板就按下緊急電話，然而它裂紋瓦碎，一切頓成徒然。

心涼半晌，她在希望折損的當刻，意識到這是座已遭突襲，斷絕支援的煉獄。想逃離煉獄的人們就算不停發出顫抖和哭泣，只有先撐住身體彷如插枝於大地，若不如此，他們便會撲通倒下去。跟所有人一樣，林瑀莉不自覺邁開步伐，沿著幾乎消失的路基行走。就這樣走去醫院好了！她不想再乾等。

承受高溫和瓦斯氣體爆炸摧折的柏油路成為障礙賽的關卡，沿途轎車陷落，路樹傾斜折裂，不時竄出的火舌使道路兩旁的民眾驚嚷著，有些人等不及消防車，已經開始拿家用水管向黑煙灑去。懷中小譽的臉色越來越蒼白，林瑀莉掀開乾涸紅帕，方才一直按壓住的傷口露出模糊而半黏稠的血肉，湊近一看，額頭一角汩汩冒出新鮮血液，雙腳脫皮焦黑與血液散發的鐵鏽味融入濃重瓦斯臭味中，竟鎖住了她的腳步。她心焦孩子的額頭有如這座差點被掏出內臟的城市，血肉剝離。但她的雙手快支撐不了小譽了。這一刻，瀕臨極限的內心化作聲音衝破渴啞喉間，一道失去冷靜的——啊——

絕望的她把小譽揉按進身體，像一株不健康的豬籠草。

「有人嗎？有人嗎？」突如其來的詢問，讓她誤以為幻聽。鼓起勇氣四處探看，發現一輛裕隆和另一輛公車交錯塌陷的路中央，有一雙手正試圖揮舞，幅度很小，於煙塵喧騰的背景下，無法一眼確知那兒有個人，等她終於定睛看清，想辦法踏穩腳步，繞過障礙物，確定腳下一切穩當後，接近了聲音的主人，那是一張明顯瘀青，布滿血跡的臉。林瑀莉心下一慌，又強自鎮定，努力忍住哭意，「是……世祺？你還好嗎？」炎暑之夜，殘酷與熱度令他不時閉上眼睛，他沒說出口卻擴散開來的擔憂化為汗水，直滲眼睫和眼眶。

「我……我不知道，我的腳被壓住了。」他忍痛的眼神像是沒認出她。

「好，」林瑀莉回應他，「你先不要太緊張，深呼吸，保持清醒。」很明顯，他的傷勢需要急救。

此際，對所有無路可走的人而言，一點奇異的聲響都會形成救贖。尤其那不遠處傳來的，略顯急促的腳步聲。向他們奔來的是穿著醒目螢光背心的救護人員，「來，先確認一下周遭環境。先生？先生，你聽得到我說話嗎？」張世祺氣若游絲的嗯，比幾分鐘前來得更虛弱。救難人員帶了小型機具，但一時之間還不知怎麼解決眼前困境，不過很快地，他們留下一人繼續詢問狀況和留意身體反應，另一人走到一旁，隱約傳來大型機具的字眼，「不行，大型機具過不來，還有一些路段不清楚管線狀況，怕又爆炸。」一旁邊不知哪來的民眾自告奮勇說可以幫忙，然而被婉拒了，理由是還有幾名義消會趕過來。

「快去避難吧！」

救難人員大聲勸告好幾次，抱著小譽的林瑀莉才真正聽見對方在說什麼，「請不要在這一帶逗留，很危險！」從駭目景象轉醒，才意識到懷中如鐵安靜的孩子，她神經質地拉高音量問：「拜託，先幫我看看我兒子，看看他。」其中一位似乎注意到她的神色，替她檢查了小譽的情況。

「這得趕快送醫院。」他頓了一會兒，「對不起，太太，妳可能需要到另一邊的醫院去，我跟妳說一下怎麼走比較快！」救難人員跟她報了安全的路徑。她挺直發抖的膝蓋，轉頭狂奔起來，也不管雙腳是否能夠承受高低起伏斜坍的路面。在奔跑的途中，渾身火燙的燒灼感讓她口中一直喊著，借過，借過，一邊瞪視前方數不盡的窟窿。速度之快，所有景色被狠狠甩在身後，車輛、人群、商店、招牌在她通過的剎那，陷入黑暗。

計程車！

她衝進快車道，攔下一輛計程車。車內有其他乘客，但二話不說開了門，讓她坐了進去。

小譽，小譽，她喃喃道。車速加快，現場未知的危殆和混亂被一窗格一窗格推到腦後。她繼續向神祈禱，一路亂想了許多怪異乖離的厄運，其中一件是死亡。

她阻止自己不能再想。

衝出重圍的一刻，距離爆炸後，僅僅三十分鐘。這是林瑪莉跑得最快的一次。

3

藍色冷硬塑膠椅上全是等待的人，她低下頭盯著水杯，棕紅色的頭髮在肩膀處形成一股燠熱而乾燥的彎流。

椅面一瓶易開罐，瓶身因降溫而拚命分泌水珠。接獲確切答案到來的前一刻，它被掠倒，黑色粉條狀的內容物溢流到整張椅子，持續朝下，淺褐色的汁液一灘滴滴答答被地心引力帶往地面。

幾個小時前，急診室的通道不斷滑進救護車。有幾輛甚至發出輕微的煞車聲，接著出現急促腳步聲伴隨床架衝鋒陷陣，而急診室內忙著檢傷分類的護士醫生，對比不停擴大的病人，呈現懸殊落差。

作為醫院內眾多的病患家屬，林瑪莉知道兒子的傷絕對不是最重的，以目前情況，有得等了。當她為了緩解痠疼而扭轉肩頸時，異樣的刺痛朝她襲來。請旁人幫忙朝肩背一看，衣服滲出的血跡已經乾成一枚暗紅。把衣服撩了撩，再次覺得不適。老是這樣，一旦知道身體傷口處，疼痛才加倍難忍。她後知後覺，身體有過很多深深淺淺的疤痕，就是這樣來的吧？

身體的痛感，被不遠處的刺紅燈光截斷。她悚然一縮，抬頭起身，迎向從手術室出來的醫師。核對身分之後，醫師向她表示孩子平安，幾日後便可轉到普通病房。林瑪莉多次道謝，向拖沓著腳步準備去醫治其他患者的醫師背影鞠了個躬。她的背是一片沾溼而沉重的麵包樹葉面，頭在盡頭處凹陷垂落。

滾至藍色塑膠背椅下的飲料空罐，蘸滿人工製造的甜美汁液，徐徐滾到她的腳踝旁。

4

不祥的灰割據了全幅景觀。他靠近十樓窗前，望著外頭低矮而雜亂密布的違建與天線，極少下雨的港都這幾個月卻一概是使人厭煩的鼠灰色調，如廚房最汙最膩的一角，匿生黴菌。澈底清除黴菌是不可能的，菌絲頑固至極，團結難纏，它們存在於白吐司、飯粒或任何物品，轉眼擴散星撒成片的病。他試圖揮手，想把眼前一個個充飽氣的孢子撢去，竟不慎摔跌在地。

「你還好嗎？」有人慢慢扶起張世祺，John 這幾個月來處理他的復健治療，而他建議現在該到休息區喝杯水。

張世祺聽完卻完全不想動，因為每瞬移動，皮膚、關節宛如炸雞店內一整排等著誰隨手拿起就狠狠撕裂的雞翅。他雖沒起身，卻還是不小心牽動皮膚——倒吸一口氣，所有的紅、痛、癢都和那日有關，他強自低抑忍耐，拉高時間空間，目光重新探照起陌生的，殘暴的景色，一切看起來都像是特別脆弱的玩具，支解碎毀。

在一切都還沒發生的前一刻，他正低頭確認 Google 地圖。

身為一位移居高雄的後代，張世祺特別喜歡研究地圖，在校內考最高分的是地理。這一年他的目標是先賺到錢，這樣，不只 Vuvu 有機會回家，他的爸媽跟族人都能如此。

跟張世祺最親密，從小照顧他的 Vuvu 經常說，他們來自「傾斜山坡地上方的部落」，屏東瑪家鄉瑪卡札亞札亞社（Makazayazaya）是故鄉。

根據 Vuvu 所說，他上網搜尋 Google 街景，問道：「Vuvu，這是妳的家嗎？」

不用配戴老花眼鏡的 Vuvu 瞄一眼說：「怎麼是？哪有部落這麼新的？」

「這樣喔……。」張世祺將網頁縮小放大又改換其他搜尋條件，「我知道了！妳看，之前莫拉克颱風損害嚴重，所以政府在禮納里蓋了永久屋。另外還有三地門鄉跟霧台鄉的人也住在那，這是永久屋的照片啦，難怪妳不認識。」他關掉介紹禮納里部落的網頁，因為知道現在再怎麼查，也找不到昔日 Vuvu 印象中的一切，而看起來有點失落的 Vuvu，繼續編織手邊的 Sikau，年過七十的她，每天都叨念要趁眼睛還可以的時候多編幾個，好拿去賣。

「不要擔心，不要太累，Vuvu，等我今年畢業就出去賺錢，賺夠了，我們一起回瑪家。」發下豪語的張世祺算是部落小孩中最會讀書的，面對家中最疼他的 Vuvu，他什麼承諾都做。張世祺知道 Vuvu 很愛提瑪家，卻也離不開這裡。她提起小時候隨媽媽搬到這，家的旁邊有條大運河，十字型的水道是運送木材最便利的方式。Vuvu 對他說起一支支巨木在水上漂流的事，「以前我跟隔壁家的阿美常常到水邊抓魚，多乾淨的水唷，抓到什麼，當天就加什麼菜。你知道嗎，我們看到一大片木材從眼前漂過去，差一點就要跳下去撿了嗳。」在回憶中笑開眼的 Vuvu 要孫子去屋內倒杯茶給她，聽起來，Vuvu 開玩笑的語氣不無可惜。張世祺完全無法想像運河的模樣。最初他的遠祖誤把運河當作大海，取名拉瓦克。後來，阿美、卑南、魯凱，甚或閩南、客家人也來了，不同族裔所做的同樣是就地取材，以鐵皮、帆布和廢棄貨櫃七拼八湊搭建家園，擠縮在拔高的大樓之間，亞洲新灣區一派錢潮新氣象中，它絕對是突兀的存在。

近年來幾位長輩反芻自責，十多年前誤簽政府文件，害得一部分族人不得已搬去小港國宅，後來付不起租金，便又搬了回來。「違建？我們在祖靈的指引下，不得已來到山下，這麼多年了，我們住在這裡，做過多少最粗重的工作？」忿忿難平的聲音來自張世祺的父親，他跟其他住民都屬這一帶最大量勞動的族群。

「對啊，住的房子因為馬路拓寬，我們就縮、縮、縮到這。」母親補充道，她指畫車輛快速疾駛的柏油路面，好像那上頭還殘存部落最初的痕跡。

張世祺回想，懂事以來的記憶，拆遷違建的命運就緊緊依附在他們的日常對話裡，宛如最張狂的惡靈。始終戴著黃珠橙珠綠珠編成的手鍊，祖傳美麗琉璃令 Vuvu 永懷希望——假若部落有巫師來舉行一場盛大的儀式，就能驅走討厭的惡靈。面對這麼堅信的Vuvu，張世祺說不出，族人當年也不懂的白紙黑字，才是政府認定的事實。

5

高職畢業，服完兵役，張世祺順利考進郵局。部落替他辦慶祝會，台啤，米酒，威士比大雜燴，圓桌擺在大馬路旁，眾人夾菜，舉杯。

「世祺，以後我們部落就靠你了。」

「不要亂給人家壓力，什麼靠世祺，靠你自己啦！」

長年在經常得配合加班趕工的工廠工作，氣色灰敗但仍有力氣開玩笑的叔叔，他最大的樂趣是跟部落兄弟一起喝點小酒。遷居到這都市的Vuvu那輩，不少曾在復興木業工作；世祺知道爸媽和叔叔那輩則因林業凋零，轉而選擇待在塑膠廠或臺化廠工作。

「但是，什麼，政府是靠我們努力的捏。」

不過，現在終於不一樣了。

張世祺夾一口菜到叔叔碗裡，舉杯示意。感謝的話來不及多說，其他人早就拿妥汽水加威士比，保力達B混米酒頭，或乾脆一罐經典台啤熱切擠過來，而那讀服裝科的小嘿把果汁杯湊得很近，所有人都在等張世祺手中那杯。他仰頭速乾，拿空杯跟叔伯阿姨們示意，沒有多餘動作。

二手塑膠椅圍繞一桌匯集各部落的巧思——運自原鄉的野菜入湯，特別費工的小米粽Avai，馬告雞湯，南瓜燒肉，從廚房不停換批送上，所有人像是慶祝起真正的豐年祭，懷著謝意放情吃喝。這些年來，張世祺見到父母親那輩為了抗爭忙上加忙，因為屢遭挫折而欲振乏力的部落能趁此機會放送喜訊、享受美食是件多難得的事！他們自在吃喝，而鄰近寬敞的中華五路上，急馳的車未曾有一刻停在鏽蝕混搭的改裝部落前。龐然嶄新擁有高規格避震防火的大樓群越來越密集，部落的存在遠看著越顯渺小，至於掛在部落四周的布條、自救會招牌和抗爭照片猶如化矮舊拼貼老房符籙為陣，卻仍不起一絲威嚇作用。

「我們先來的，最先到這塊土地上蓋房子的是我們哪，那時房子比現在大多了，部落裡每個人都曉得誰從哪來，哪一家的老家在哪，日子難過，感情卻好得很。」一旦 Vuvu 聽到電視新聞播報，即使她不識中文字，仍越來越火大，「呿，部落已經拆過一次，向內縮了那麼多，還想搶我們的土地來鋪路嗎？哪有路比山還多的道理。跟你們說，上次說自己是代表政府的什麼什麼負責人，我，馬上叫他們給我滾！」說完，癟扁嘴巴共鳴呵哈哈，其他人更是瘋狂地笑出聲來。「我們這一代離鄉的人，都想著總有一天要回老家。但誰准他們動我們現在的寶貝地方？」Vuvu 的結尾在笑鬧微醺的眾人之間贏得掌聲。抱持同樣想法的老人家，只剩幾位在部落生活，其他則早早迎向神的懷抱。

桌上殘羹狼藉，已經進入第二輪敬酒。

即將進入國營上班的張世祺盯著玻璃杯中不再冰涼、泡沫消褪的啤酒，隨夜色益深，突感大人們鬧騰得不太尋常。或許因為部落真的很高興他即將擁有一份穩定的薪水，能帶錢回家撫養爸媽與 Vuvu。

作為一位本該在部落受成年禮的準大人，部落是心中最沉重的石塊，應當沉落卻經常浮出水面，它與在同一水域的祕密浸泡漂漾，無人知曉。在張世祺心中，這些不適合被任何人知道，它們屬於自己。這種獨自埋藏的感受，此際卻溢出一絲異樣遺憾。

他飲盡不知第幾次的敬酒，滿腹液體冒出嗝，暈陶襲捲，眼前彷彿見到Vuvu對他形容的瑪家山上群星如瀑。他起身走進鐵林成陣，只有居民才曉得其中怎麼彎繞的部落，找到自己的家，讓自己被短暫的歡笑覆蓋，沉沉睡去。

6

進入郵差外勤訓練後，過去學習地理的知識得抽絲築構為立體，以期在巷弄間投擲正確的信函。對路段還不熟的情況下，外勤工作很難準時下班。

每天，張世祺鑽進快速流動的車潮，制服屢屢潮悶出汗。仰看霧濛汙髒的灰色天空，吁口氣，打檔機車後方的大塑膠盒還有一整區的郵件。當初，資深師父領他騎過每條巷弄，停下，過彎，急煞，熄火，親眼所及每塊門牌。重新發動。

重複犯錯，一再迷路。整信結束，下班，已經超過晚上十一點。

笨手笨腳，這批人是怎麼進來的？

實習十天，直到凌晨，信還是送不完。還好，稽查對他不壞，特地替他想辦法，於是這才又多學了兩三天。

折騰一番勉強出師，他終於能夠自行外出送信。遇到打結的路段，他便回想制服口袋那張路順表。他告訴自己，不要拿出來，先想想。每通過一條巷子，他對自己默誦，哪條種了一牆九重葛，公園的斜後方是哪個巷口，這一帶的早餐店，會先遇上哪家。座位後方沉甸甸，不論他已經塞了多少郵件進信箱，它們似乎未曾減輕重量。從厭惡到習慣，宛若咒語的深綠色制服罩住他，解除魔咒的方法是清光每趟郵件。

南方的白晝通常刺眼，他戴上墨鏡，只有郵件與他作伴。夜晚來臨，送信途中才會偶爾遇到正巧出門取信的人。他們通常也不打招呼，拖鞋軟趴趴地踏過門檻，睨他一眼，把信件抽走。

偶爾他會遇到滿身酒氣，明顯神智不清的人朝他狠狠一句——一封信等老半天，現在送信的都這麼沒效率啊？喂，虧我們還納稅養你，呿！

道歉幾次，他也忍不住回道，我新來的，話不用講這麼難聽吧！

新來的？新來的又怎樣？小心我投訴你！

拉上口罩，側身一踩，摩托車排氣孔朝那家大門噗噗噗的，他轉身騎走。

工作本身不斷吃去時間與專注度，暴露在戶外的時間越長，雙眼莫名的酸澀感伴隨時間壓力，讓他得恍惚撐住，箝著摩托車握把前進。

因此，最近張世祺常趁下班閒暇時間抽空熟稔路況，直到不需按圖索驥，腦中自然而然啟動自動化模組。

晚間九點十六分，瑞隆路一名女子受傷。

彼時，張世祺才剛跟朋友結束晚餐，救護車鳴笛聲來得促急，他沒特別留心，只覺這是異常躁熱的一天。

該怎麼度過這心煩的溫度？他預備出發到中正足球場跑步，練體能的習慣即便畢了業也沒變。就讀高職期間，他是校內籃球隊神射手，帶領球隊拿到全縣總冠軍。畢業當天，他哭得不成人樣，稱捨不得同班同學，眼光一邊迴避著向他揮手打招呼的隊員。視線迷離中，他彷彿飄離這群戴著畢業胸花，手捧花束的同學們，聽見橡膠地板傳來咚咚的回音。他不必刻意轉頭就曉得隔著校園側門一排變葉木那端有人正運球、防守，刷——，球體越過籃網。喘氣聲，交錯的腳步摩擦急煞而刺耳，場上有人興致高昂地喊：再進一球。防守、防守的回聲，從另一端傳來。今晚不知怎地，他不想跑步，倒想找人三對三鬥牛，對，邀請陌生人之後，就挫挫對方銳氣。按捺不住既遙遠又貼近的興奮蠢動，張世祺加速前行。當他的車輪滑過再平常不過的的人孔蓋時，砰然一巨響憑空而來，他被拋飛，重摔在地。

落地前的零點零一秒，裸禿的地面劇烈搖晃，高音滾燙，鼻腔傳來的焦臭味與煙塵將迎他進入深淵。

濃煙比起黑暗更加毀滅，他嗆咳不已，才伸手，旋即又放下，沒有人看得見他。

粉塵四處揚起，於半空中瀰漫飄盪，帶有惶然若失的氣味。他分不清是很快或很慢，只覺時間紋理破碎了，燒灼取代一切，他意識到胸骨或許粉碎，雙腿被銬在火場。

極度疲倦的信號綁住他的意識，痛先入夢，下一秒，他失去知覺。

「今天的復健先到這兒吧？」復健師端來一杯水，還有一包止痛藥。

安排的復健練習沒完成目標，坐在椅子上的張世祺吞下他的日常。向來仰賴自律，在球場稱霸的王牌，從身上落下。

今日他不想繼續了。

7

好幾天了，林瑀莉不時還會夢見那日災難。夢境中，紅色信號如水銀懸吊在心臟之上，等待飽脹到某個臨界點，又岔然流入那名為恐懼的隱形軌道。這個撲朔的念頭，再次令她全身血液橫衝直撞起來。

半夜於是醒過好幾次。

醫生按時巡查，表示孩子的傷口縫合沒問題，雖然有燒燙傷和嗆傷，目前檢查結果顯示並不危及性命，不該遲遲不醒，目前能做的只剩耐心等待。

她打了電話給丈夫，電話中的他說等最後一項工作確定，他就返國。沒有因擔憂而起伏的語調，不好也不壞的反應，對她來說越來越難以忍受。稜角臉型，遮雨棚髮型跟他的個性一般，不會改變。幾年過去，她嘆自己準確，可是再準確的直覺也不能真正引領她走到預期的道路上，唯一例外是這張病床上手腳修長，髮絲黑亮，一旦張開就圓潤得像小狗的雙眼。躺在眼前的小譽一點都不像丈夫，因為他是一歲時被接到家中的孩子。

這個決定是丈夫下的。第一眼，林瑀莉的直覺告訴她，就是這孩子了。

此前，她很長一段時間強迫讓自己的肚皮挨針。她得習慣：朝肚皮消毒，拿著醫生交代的針垂直刺下，每次舉在空中的針伴隨著緊促呼吸，朝著最一無所有之處捅入。

行程一向很忙的婆婆曾來看她，說要幫她打針。那日不知怎地，緊閉窗戶拉上窗簾卻還是有風伺機而動，筆般的排卵針尖端在冷風助陣下，一記驚愕的刺疼，讓原先閉上雙眼的林瑀莉怵地睜眼，她看向婆婆，而婆婆已將針頭收妥，交代她電鍋有雞湯，別忘了喝。婆婆轉身圍上圍巾，戴妥毛帽，說得去插花班了。林瑀莉望向那身長大衣上一藤黃色勾邊的攀藤植物，離地無根，懸在半空中，深褐底色是讓人難以直視的兩潭混濁。她感覺自己是不是逾越了界線，向著空無的肚皮索求一個真實的，會呼吸心跳的生命。

謝謝媽，小心電梯門。

門一關，婆婆渾身精緻作響的行頭也隔絕在門外。

婆婆身上的香水是充滿孔洞的網布，罩在她眼界所及之處，每回婆婆造訪完，氣味寄生此屋，久久不散，或者，不願散。婆婆獨自一人帶大獨生子，在她的年代裡極盡可能地往上爬，早早進場投資期貨，轉經營房地產亦聽說眼光奇準，手頭的物件都算奇貨可居。這樣的女人所生的兒子在大學舞會認識了她之後，窮追不捨。作為系花，她享受他人的目光但下意識遠離追求。她那來自越南的母親在結婚照裡一身紅色越南長襖，手腕跟父親各有一對金手鐲，長髮下的白皙皮膚與妝點小口，纖細身形和神態無疑是大美女。這樣的母親被當時跑到越南找太太的父親撞見，一見鍾情。原先要替隔壁人家說媒的媒人不老實，私自促成這門婚事。家人幫腔，想讓青春美麗的母親快快嫁人。懷著幫忙減輕家中負擔的念頭，也頂不住父親跟媒人一再央求，母親接受突如其來的命運，嫁到異鄉。

林瑪莉知道，這是母親不快樂的源頭。

母親說起剛來臺灣，最緊張的是跟父親外出吃飯，口味不合，在家煮飯也抓不準父親的喜好，父親為此發怒，母親體重遽降。夫妻關係逐漸冷淡卻意外獲知懷孕，懷孕之後母親才有機會發現父親老早欺瞞自己，開公司的事全是謊言，父親只不過是一間公司的普通員工。後來因金融海嘯被解僱的父親一蹶不振，認定是母親帶來的衰運。

面對不工作的丈夫，產後六個月只好去鐵工廠工作謀生的母親不到幾週便病倒。病後，工作也沒了，母親淪為父親洩憤的出氣筒，她說那一夜下定決心就帶著女兒逃離那個家。

逃到南部的母親意外得到家鄉姊妹的協助，工作之餘，姊妹好心幫忙家務。母親撐過來了，不僅學會一口好中文，也靠著夜市擺攤，順利讓她高中畢業。嚮往進大學的林瑀莉，決定背負助學貸款，她清楚自己的目標跟其他同學都不同，進大學是為了趕緊畢業，工作還錢。

比起一般美麗女孩都還強烈斥絕戀愛，似乎讓對方興起無窮的耐心與決心。

本來完全不可能的緣分，因為林瑀莉母親突如其來的心臟疾患，讓一切再次越線。

「讓我來照顧妳吧，好嗎？」

既需忙著實習，又需照顧母親的林瑀莉，在得知所有醫藥費都繳清，主動替母親安排心臟權威醫師後，她感覺所有龜裂處一次被眼前男人溫暖緊握的手完整修復填補了。

她看著大病初癒的母親，怯於說出與交往相關的字眼，她站在無人知曉的界線，踏出她與她的母親都沒想過的一步。這一步牽引著她，走向一位等在紅毯那端的男人，成為他的太太，意外住進了男人媽媽送給他的豪宅。

豪宅空蕩蕭索到現在這模樣，擺設、色調多半是她出的主意，既然身為一位被允諾打造家中環境的女主人，她盡心盡情，歸結研究出他們倆適合溫馨日雜風格。於是，向設計師要求天窗，掛上鹿角蕨，陽臺有香草植物，屋內放多肉植物。她並依循內在模糊的感受，在每個夜晚到來時，猜以丈夫最喜愛的方式，留在床上。

獨自待在床上的時間，一開始甜蜜濃情。他的對待讓林瑀莉像是獲得實質的保障，所有與她自身有關的，都濃縮為加溫的靈藥。

結婚哪……，她微笑地反覆摩娑這個詞。

諸如這類瞬間，時間自作主張，不管好壞，一律縫合拼貼。

那次，計算好的行房日，丈夫沉重的身軀從她身上離開後，她再次感到兩人交合之處涼颼颼，只是丈夫沒有立刻下床，他輕輕撫著她瘀青的肚皮。由無數瑣碎的回診、治療、施針組成的漫長時光，不知怎地，被他這麼擁著一摸，過往枕畔頻繁，由例行空白霎時回溯湧向，她一下子就流淚了。

因為一個首肯決定，她轉身擁抱了明顯過胖的丈夫，結婚以來，這一刻感覺輕盈。丈夫終於贊成她領養一個孩子。

「小譽，小譽，你聽得到媽媽說話嗎？」林瑪莉輕握著的小手有了極細微的回應。睫毛如蝴蝶在地面微弱掙扎，試著振翅，她的兒子終於被夢境推到她的眼前。她看著略顯蒼白的臉，想說的全在體內騷動，一時不知如何是好，遂而破出眼眶。緊緊圈抱住這個孩子，林瑪莉欣喜地按下緊急呼叫鈴。

8

路面斷裂阻絕的緣故，他僅能趴陷大地，盡量維持不那麼劇痛的姿勢。等待的恐慌中，他眼縫驚見布滿灰塵的酒紅色帆布鞋。

——是老師！她怎麼會在這？

他見到她手中抱著孩子，背後的電線桿和路樹成排頹傾一路裂伸到遠方。全城的警示燈不停躍動，分不清是熱度抑或劇痛，他手中抓住的求生線慢慢鬆開了些。

老師，救我。

他記不清楚自己有沒有真正說出口，可是他明白她一定看得懂。

在這麼難忍的時刻，他想起奪冠那場比賽，她一直站在場邊，雙眼如炬，尾隨著他。蒸騰火籠般的天氣讓他每個動作都比平常更喘吁，他努力調整呼吸，維持鎮定。當一個轉身，瞥見披著長髮的身影不停拭汗卻直挺挺站著時，風在球鞋底下輕輕推著他，腳底踏著一個又一個飽滿的預感。

如果有所謂的一鼓作氣，那就是最後幾秒他決定直接挑戰三分。全身不止的汗水甚至都浸潤了那顆球——

上揚，落下，一回神已過終場吹哨，在全場雷動歡聲之前都不曾曉得被拋接的感覺這麼爽，那是張世祺的人生高峰。身穿運動短裙的老師微笑著揮手，而他向她眨了眨眼，便被其他隊員推去繞場。

「聽說瑪莉不教了？」

「欸，真的假的。」

「什麼？你怎知道的？」乍聽消息，張世祺不敢置信，那是含著眼淚說會一輩子站在講臺的她嗎？

班上同學秀出ＩＧ即時動態，赫然一張照片是盈煥柔光的新人在白色窗簾旁深情對望。兩年前引起全校尖叫不已，男生女生都喜歡的實習老師林瑪莉，馬上吸引大批粉絲，不僅替她成立粉專，學生的ＩＧ貼文也淨是用以炫耀的合照。

「瑪莉是我的理想型，太可惜了。」

「莫吵啦！你憑什麼直接叫名字。」

「幹，你平常不是也叫。」

張世祺煩躁地打斷其他同學的聯想，負氣似的攤開課本，埋首在世界地理中。他盯著一幀幀地圖，心中卻重燃不了這些日子來對地理產生的興致。

原先的地理老師第一次帶著她來到班級，林瑪莉站在臺上才一開口，底下口哨聲便此起彼落。她看來正強自鎮住內心的不知所措，而張世祺比地理老師還快一步，立刻大吼制止班上，其他人悻悻然閉嘴後的教室安靜不少，她瞥向他，輕輕牽動嘴角。開始講課的她，聲音並不特別甜美，教課的方式略顯僵硬，這時，原先浮躁的聲音伺機出現。

「老師，妳有男朋友嗎？」

「讓我猜猜——。」

「等一下，這跟課堂有什麼關係嗎？」比他想像得更快，眼前的她沒有再次慌張，反倒浮出更明晰的笑容，「不然我們先問問有沒有人能解讀投影幕上這張圖，解答正確，我才回答剛才的問題。」

嘩，全班鼓譟了起來，聲浪響轟如附近工廠運作聲。

張世祺舉起手，依據圖例的問題，輕鬆地判讀 A 點 B 點座標以及它們距離赤道多遠。前排紛紛轉頭，投以訝異目光，他獲得她點頭肯定。

林瑀莉才剛啟脣準備履行承諾，張世祺又舉了手，「老師，請繼續上課，妳不用理那些人。」

「唷唷唷，幹麼啦隊長，我們其他人想知道啊！哎唷，你這樣，其他小學妹一定心都碎了。」講幹話第一名，作勢比出心痛神情的同學就坐在他前面。張世祺伸手蓋他火鍋，下手力道不輕不重。但教室的氣氛從戲謔沸騰降了溫，她抓到時機，這回鼓足氣力，帶領不過小幾歲的學生們進入地理預定的章節裡。

那節下課，她主動選了他當地理小老師，他鎮定地不理會其他同學豔羨哀號。因為這緣故，每節地理課前他定是排除萬難跑向辦公室，站在座位旁，利用等待拿電腦的時間，完美藉機瀏覽她的辦公桌，教師名牌，卡通造型磁鐵，開會通知，即溶咖啡，幾盆綠意盆栽。架上的《認識臺灣三部曲》、《最新版世界地圖集》等書籍，淨是過去的他完全不會感興趣的。

「老師，請問能跟妳借書架上的書嗎？」

張世祺提出了這要求之後才感到緊張，他仔細等候說「不」的瞬間。

驚詫半晌後，她取下《老巴塔哥尼亞快車》，翻開折起的部分，要他看這兩行「我生命中有很長一段時間是住在不屬於我的地方，我一直是個不折不扣的異鄉人。」扉頁上是作者名字，保羅．索魯。這兩句話不知怎地使他掉進好奇的漩渦，同時輕敲了他這幾年埋在內心的惶惶不安，即便他藏得很好，所有人都認為他是開朗，自律又早熟的籃球隊長。訓練時間外，跟隊員跟同學，玩得可瘋了，人緣沒話說。然而，他難以解釋為什麼自己總不讓同學來家裡玩，也盡可能獨自離開。他最不願讓人看到從小成長的家被貼上拆遷的警示，或也不願同學對抗議布條和違建指控問東問西。

她毫不猶豫地把書交給他，並露出鼓勵的笑容。張世祺雙手接過書的同時，他感覺自己正強自壓抑著對美麗精緻油然喜悅的顫動，在心中偷偷取消老師這個稱呼。從這本開始，她的藏書成為串接連結的起點，自此除了練球，地理課成為他上學的動力，包含他總是在還書時，林瑀莉老師會藉機考他，在書的保護下，他有所本地認真回應，偶爾天馬行空。

幾週之後，他跟老師圍繞著書的對話，不知不覺多了。

甚至他聽見辦公室其他老師提起，這學生很常在座位等妳哪！

林瑪莉帶著歉意笑了笑，要張世祺以後不用每節課都來等。他搖頭，說自己其實很閒。穿著球衣的他，提著各種上課用品，地圖、電腦、GPS，跟她併肩走向教室的一小段時光，沿途總會接收不同的視線目光，他把握機會營造好學形象，讓話題持續直到教室門口。

他會站在前方，喊起立、敬禮，在座位上遠遠看著她笑容輕快步進教室的側影，All Star帆布鞋，吊帶褲和馬尾，不仔細辨認，她就等同班上同齡女生般青春。過去，喜歡自己的女生多半很明顯，國中階段他也曾答應過告白，可是在一起沒多久，他便感到後悔。

「你真的這麼忙嗎？忙到陪我一起去買明天學校露營東西的時間都沒有。」

「抱歉，我真的太累了。」張世祺作出祈求狀。

「不然，你在門口等我就好。」

「改天啦！」

拒絕的好理由是他連續打完好幾場比賽，教練要求他好好休息。理由正確卻無法說服對方，因為他越來越熟稔於編織藉口。後來，他的舉動在她的朋友圈引起不小騷動，不知何時開始，他莫名成了女生口中的渣男。這件事直到升上高職，遠離過去的生活圈，才慢慢重新來過。後來的他，盡可能冷淡不失禮貌，和女生保持安全距離。

不過，這道虛設的牆出乎他自身理解，逐漸瓦解。

上課時他專心筆記，聽她教他們認識「臺灣橫麥卡托二度分帶投影座標系統」，如何定錨等高線，比較地圖上哪個顏色的線段屬於山稜或山谷。尤其是學會運用相對位置判讀精準方位，讓他能以真正的「地圖」指認遙遠的屏東瑪家，他可以跟 Vuvu 得意一下，他想。

「老師老師，妳地理這麼厲害，看來，我們以後就可以邀妳出去玩。」嘻嘻哈哈又鬧成一團的聲浪，不死心地戳弄任何可能。

「我教這些就是為了讓你們以後不論到哪，都不用請導遊，什麼狀況都能自己判讀應對。」

「吼，不要這樣啦瑀莉。」有人大膽地喊出名字。「要不要跟我們去畢業旅行，車上有空位喔！房間也有，妳到時可以直、接、在、房、間、教、我、們臺灣地理。」

其他人像是終於找到開關，洩洪似的鼓掌尖叫。不過在這同時，一道巨響震住這喧嘩，張世祺猛然起立，用力拍了桌。

「欸，幹麼啊隊長，兇屁！吃醋喔？」

鼓譟在胸口的難平之意展現得似乎太明顯了，班上其他人投來的眼光使他難以忍受。他忧然起身，一句也沒交代便離開教室。這樣的行為讓張世祺旋即被巡堂教官抓去罰站。後來是被匆匆趕至的林瑀莉好聲好氣地解釋請求之後，他終能安全離開。一路，林瑀莉開啟話題，包含他的籃球，他的生活跟交友。他唯獨沒說的是，班上有同學嘗試打賭，看誰敢拍裙下風光。可是，他貪戀溫暖關懷的語調，在這氣氛中，他沒能告訴她這件糟糕的賭約，他也不清楚他們究竟有沒有真的拍？此事保密之外，他滔滔不絕地說了其他，自己的膚色從小就被取了綽號，他跟族人其實一直在煩惱拆遷真的實現。那次無端的懲罰是一道破口，他都沒留意到自己已經講到超過放學時間。除了 Vuvu 跟部落裡的人，她是第一個讓他能說這麼多話的人。

罰站事件後，出於了解與擔憂，她特別照拂他，其他同學雖仍懷著揶揄，卻更害怕他揚言告訴教官的決心。於是，微妙的平衡讓所有聽起來近似性騷擾的聲音漸退，很快地，林瑪莉結束半年實習時的那日到來，她書架的書也幾乎全讓他借閱過了。

縱非畢業，校內離別氣氛卻很濃，大夥兒在她暫時的辦公桌和班級講臺早就布置好了一串又一串亮眼的驚喜，她的微笑鮮柔，手像拆彈般小心，臺下喊著，沒關係，快點快點，我們要拍照。她面對無數開著錄影功能的手機哽咽說出感性的宣言——我永遠不會忘記你們，是你們教會我怎麼當老師，還有，我會一直會站在臺上，成為一個更好的老師。林瑪莉的宣言讓好些淚腺發達的女生衝上去又哭又笑地抱著她，平時愛嘴砲的男同學倒是只怯怯跟著合照。

道別的畫面淡去，下課時間張世祺逆著人潮朝側門的方向走去。他喊出老師二字，向她提出道別擁抱的請求。然而，她拒絕了。

極度危險而持續崩塌的情況下，張世祺想呼喊林瑪莉的名字。

他並不願置她於危險之中，他只單純想把曾偷偷呼喚的，作為生死交關之際的護身符。當他這麼打算時，十字路口另一頭傳來爆破聲。他突然感覺到一股推擠腦門的力道開始限縮了呼吸頻率，努力想吸氣，煙塵卻堵住他的鼻跟嘴，無力感自不能動彈的四肢蔓延開來。

「你、你還好嗎？你是世祺吧？」那雙酒紅色帆布鞋的主人停下，在雙目互迎的瞬間，他能感覺那對眼瞳的驚慌因他而陡然加劇。她要他稍等，可是從他頭頂越過的逃難者越來越多，他只能告訴自己撐著，撐著張眼，向不停奔來跑去的鞋子的陌生人呼救。幻覺一般，甚至他能感覺到人奔跑過去引起的微微震動讓他呼吸益發困難起來。

他努力伸展手指，看起來像是要自救，又像是要靠近過去那個遙遠的夢。

9

他睜眼的瞬間，感覺全身被緊捆固定著，眨了幾下眼，頓時所有臉孔都聚在他瞳孔前，喊著他的族名。

——Sakinu 你醒了，終於醒了。大夥兒笑得誇張，彼此大力擁抱。

爸爸媽媽坐在他的左側，不停摸著他的額頭。奇怪的是，他並沒有什麼感覺。腦中積屯的疑惑在幾分鐘內形成惶恐，他提高音量問：「醫生在哪？我怎麼了。」Vuvu 握住他的右手，哦應該是握住了，他見到堅強如她，眼眶出現不尋常的顏色。看向 Vuvu，她俯身抱住他的身上有一股氣味，她頭髮糾結，臉頰的肌膚像濡溼的樹皮。

沒有人能夠給他答案。

拉門推開，護士走進。原先環住他的親人跟族人們裂出另一種圖形，他們靜默地看著進門的醫師。

「張世祺本人對嗎？現在有哪裡不舒服？」

「我……我覺得全身好緊，我怎麼了？」

醫師看了看站在兩側的家人，「你剛接受手術，治療了骨折，這部分沒問題，放心。不過，我們很抱歉，因氣爆波及的燒燙傷，目前只能先處理到這。」他輕撫沒有傷口的肩膀，「接下來的治療很關鍵，請一定要好好加油撐住。」

醫師護士檢查數據，做完確認離去。闔上門的瞬間，他眼前的中規中矩的白牆斜傾，族人們已經圍了圓，神乎其技地垂直繞圈，手部勾動與腳蹦跳的姿勢令他愕然。不對啊，不是吧，你們在慶祝什麼啊？這時候跳什麼豐年祭？欸，除了我，有沒有其他人受傷？身畔的 Vuvu 唱起好久沒吟誦的古調，遼闊無比的北大武山，暢奔萬千顆卵石的高屏溪，沒有歌詞卻指引著族人的舞姿，令勇健踏在大地的雙足繞著傳統家屋，屋旁栽有 Vuvu 喜歡的刺蔥，山梔子和野牡丹，族人左右深深踱步，以圈為單位，交叉的雙手越握越緊，前踏後踢，踏併踏跳，把雄渾的空間感唱進小小的白色病房，剎那間又逆時針向前俯衝，以百步蛇的型態朝他逼近，這是勇士舞！百步蛇的眼睛映照萬有，包含他的樣子，他見到的自己不是自己，那個形體包裹層層紗布，模樣嚇人。

張世祺倒退定睛，迎向他的是一雙雙盈滿悲傷的深邃眼瞳。

剛才是什麼？他想問。

Vuvu 從體內深處共鳴的音聲，透過她的指尖，猶如巫師般引渡力量。張世祺，不，他真正的名字是幼時被 Vuvu 愛惜呼喚的 Sakinu，他閉上眼睛試著直接領受音波的祝福，也暫時關上映照他命運的澄澈之眼。

他試著忘掉身軀，比其他人都敏捷健康的身體。

他試著不接受任何憐憫的花瓣，僅讓腦中迴盪著勇士舞的力與美。

當力與美不堪百次想像時，眼瞼便清除泥沙，流下淚來。他輕輕咬著唇，因為疼痛已經悄悄開始。

10

「來，雙腳這邊幫你各吊一點五公斤的沙包。」

住院第二個月，宛如凌遲殘肉的日子終於習慣了些。跟他後來成為朋友的復健師 John，張世祺一開始還有點恨他把結痂復原中的部分一一扯開，這根本就是不人道的行為！

「忍耐點，不然以後你的身體會變形。」復健師 John 說得理所當然。

每當這個答案一出現，張世祺就緘默不語。他懂，氣爆紋身後，他已經聽過好幾次。所有相關的燒燙傷資訊，他一個一個去查。傷口復原，療程須知，復健必經的過程，這些由醫師對他說過，護士替他剜肉換藥時也說過。他獲得的資訊量越大，他便陷入益加反覆的迷惘中。

John 看在眼裡，有時候會跟他開玩笑，「喂……你這樣怎麼出去當蜘蛛人？」

「什麼蜘蛛人？我是騎摩托車送信的郵差好嗎！」張世祺沒好氣。

「有這麼年輕又帥的郵差喔？這樣好了，你好好做完復健，我就幫你訂做一套蜘蛛人服，這樣穿在壓力衣外面，還是帥炸。」John 的眼神看起來很認真。

「靠，說我醜就對了！」張世祺反擊，不過也因為大聲說話而領受風切一樣的疼痛。

復健第三個月，John 幫張世祺把大腿扭向另一邊，這對一般人只是再普通不過的伸展，卻讓他痛得瞇起雙眼，用大力喘氣來避免想尖叫的衝動。

見他沒有說話，John 順道抬起他的膝蓋，將癒合後的大片疤痕朝天花板扳去。他聽到自己鼻腔猛一顫抖，咽喉發出嘶嘶聲響。疼痛一旦盤據得夠久，它會幻化一陣急棍落在小腿、腳板、頭顱，他聽得見每一寸肌膚疼痛的回聲，肌肉因毫不留情的壓力而留下火燙熱辣的知覺。他感覺自己是一隻蝦子，反覆被帶到熱鍋上方，差點要放下去，卻又旋即拉起來，渾身已是死亡的一部分。

劇痛會使時空瞬間扭曲，他模糊地抗拒，卻只能在不同形式的疼痛中不自主地承受各種幻覺。忽然他收到復健師的眼神，那是跟什麼東西搏鬥後集結到表情之中的不忍。這一刻，他才有時間注意到沒被燒傷的正常皮膚都出汗了。以他目前的靈活度，當然無法替自己擦汗，正當狼狽不已時，他看到了一個熟悉身影——綁著馬尾的女子身影在另一位復健師的引領下，牽著一位男孩進入。

診間牆上的鐘指著上午十一點，他留意到她有幾綹頭髮已經汗溼。南方入秋了，熱依舊會螫人。

「媽媽，我不要！我不要啦——」

「乖，聽叔叔的話。」John 好聲好氣哄，試著先讓男孩安心。

「很痛，很痛——哇！」張世祺轉頭看那位還沒開始復健就已經哭得死去活來的男孩。

「對不起，他可能還不適應。」低聲向復健師表示歉意的女聲，讓張世祺主動起身。他盡可能保持穩定和直挺，縱使很勉強。「需要幫忙嗎？」他用輕鬆的口氣問。不等回答，便向小男孩自我介紹，「我跟你一樣喔，我也在這邊做復健，你叫我世祺哥哥就可以了。」

大概是沒想過會有陌生人來跟自己說話，小譽停止哭泣。他轉頭看著媽媽：「他是誰？」

林瑀莉薇笑：「他叫張世祺，媽媽以前的學生。你有跟哥哥問好嗎，小譽？」

「原來你的名字是小譽。」張世祺順勢從懷裡掏出一枚十元硬幣，這雙手完好修長。他提出一個請求：「變魔術給你看好不好？」他讓小譽看著錢幣在掌心被牢牢包住，不一會兒，小譽就發現錢幣出現在自己的耳後。

「天呀！」小譽睜亮眼睛對著母親。

「小譽，聽哥哥說，你如果好好配合醫師叔叔 John，等一下我可以再變一個魔術給你。」張世祺承諾。

這句話宛若魔咒，頓時讓小譽願意乖乖配合。張世祺看到小男孩緊閉的雙眼，以及從眼瞼一直延伸到額頭上緣的疤痕，忽然明白這是氣爆現場造成的。男孩的腳背和踝關節跟他一樣有著傷痕。只是大火好像更惡劣地愛著他，舔伸火舌，向上吞噬了他的小腿及大腿。

在 John 的安撫之下，小譽看似服貼安靜，實際上他怕到不敢動。張世祺清楚不願復健的恐懼，覺得不忍，於是又提議跟他比賽。

「什麼比賽？」小譽可憐巴巴地問。

「小譽，看你最後能不能用腳把 John 叔叔的手撐起來，而且撐得比我久。」

John 徒手幫忙拉伸，口中數著要小譽配合呼吸的節奏，張世祺則握拳向小譽打氣，不停用誇張的語調稱讚他。

「謝謝。」林瑪莉把臉別過去，用手指抹了一下，隨即幫忙穩定小譽另一邊的身體。

張世祺幫忙的同時，也一面壓抑著疑問，孩子之前去哪復健？怎麼會在爆炸三個月後看起來像是他剛進入復健階段的樣子？然而，當他凝視太年幼卻忍耐著超過他年紀應該忍耐的疼痛時，便什麼也沒問了。

告一段落，林瑪莉把小譽的臉放在腿上，細細地替他擦汗安撫，這使張世祺想起前幾日經過公車亭看到的一幅海報，中世紀聖母聖子的複製畫展。他在心底覆誦著海報上的文字，而後仔細凝視躺在聖母懷中，被柔軟布巾包裹住的孩子。他不信教，只單純地在等待公車的過程中，意外地感受到畫家留下的這幅聖母聖子圖，比想像中更加柔和與溫暖。

張世祺再次對小譽露齒一笑，「你要不要來猜我手上的撲克牌？」原先輕輕蹙眉的孩子臉龐亮了，慢慢地坐起身來。

他抬頭看一眼時鐘，原地打轉的秒針，艱難但開始向前撥動。

11

「你還好嗎？」後來，林瑀莉每次帶小譽來復健，都這麼問候張世祺。

「今天有進步。」照例他答道，又向小譽誇說自己學到了一種新魔術。

她伸手，背脊處似乎傳來汩汩氣力，讓她能輕輕環抱起小譽，再將小譽放在復健位置，等著John先替張世祺進行例行復健。

一年了，林瑀莉發現他比自己當年認識的那個張世祺更堅強。他有一套解釋：這就像接受籃球訓練，按部就班，聽教練的話，配合度高，永遠都針對錯誤來加強，直到能夠再拿下一城。

如今，其他傷友都看得出來張世祺努力有成。

「準備好了？」John問道，接著毫無猶豫地協助拉伸，使張世祺再次皺褶出經驗上永遠無法習慣的疼痛神情。痛楚的同時，皮膚的毛細孔會躲在身體的記憶裡喊癢，銳利而間不容髮的痛苦，令他忽而記起自己是癢的，頃刻，又如實地繼續劇痛下去。

看著張世祺，林瑪莉自問——會不會所有的痛都是這樣的？

她與丈夫正準備離婚手續。

丈夫來探望小譽的時候，林瑪莉縱然疲憊不堪，卻能第一時間感覺到病房外還有人，不是婆婆，而是她未見過的。在小譽的面前，她不想跟他提，更別說吵。只是當小譽終於醒來又施打止痛劑，呼疼睡去後，她恍惚來到醫院一樓，一股極度飢倦的龐大拉力讓她一時腿軟，趴跪地面。櫃檯的護士跑來，輕聲問她的情況，極其普通平常的問候卻使她潰堤，她腦中閃現丈夫撫摸小譽的節奏，就跟後來在床上對她身體的方式一樣，挑揀三件一百，在幾千件同樣的物品堆中任意摸著。

丟出一百元，不在意，也不記得。然後離去。

領養是她想到而他允可的。她記得小譽初來家中的模樣，有點害羞，可是不久後就展現好動好奇的個性，每天總興奮地撥電話給「爸爸」，接著母子一起上菜市場，買小譽喜歡吃的餛飩，吃飽了就睡一個長長的午覺，長到她也沉浸陽光充足燥熱的夢中，每增加一天就更被全職家庭主婦的繭包裹一層，直到湮沒寄送的原點。當年她投遞了老師的夢，後來放棄站在講臺。關於這事，她與丈夫討論乃至爭執不下百次，每回散場，兩人接合的唇成為話鋒的鋸邊，不去細看也是有血的。從事貿易的丈夫，經年不在家；連正式教職都不算有過的她，成為婆婆主要造訪的對象。

「媽，我約了鄭醫師的診，您知道的，他是權威，鄭醫師特別交代說需要驗紀盛的……」

「喔，那妳自己跟他說吧，紀盛很忙，我不好打擾他。」婆婆吐掉她做的海鮮河粉，擦了擦嘴巴看著她。在婆婆建議下，林瑀莉每次都做一道料理給她嘗，婆婆說她最了解自己兒子愛吃的食物，但無論上什麼菜，婆婆都只吃一口，吃完迅速擦嘴，補口紅。

以為跟自己母親同樣身為單身媽媽的婆婆，會是自己第二個母親。

「不過，妳既然都叫我媽了，妳別嫌我煩。我觀察很久了，瑀莉妳是不是老喝冰水？」婆婆摸了摸氣泡水機。那是當初選購家具時，紀盛說要買的。氣泡水等於冰水嗎？林瑀莉暗自翻了白眼，自從她發現婆婆根本不吃那些料理後，林瑀莉的內心就不再客氣，虧她參加這麼多什麼社的，她再補一刀。

然而，林瑀莉無論如何都會對這類建議勾起微笑稱是。只是，這番對話大概會經歷變形，腫脹，成為婆婆聯繫丈夫時不吐不快的話題，一塊一塊隨著發達的通訊，傳遞到丈夫工作的異鄉，直到對話框噎住。說不定，這就是丈夫婚後一直胖、繼續胖的原因。

「辛苦妳了。」丈夫跟昏迷中的小譽說說話之後，突如起身接了電話。通話異常簡短，他拍拍她的肩，雙腳便向外移動。他解釋公司臨時通知有急事，得搭晚間飛機離開。

小譽出院後，林瑀莉沒有通知丈夫，也不曾問起那日病房外若隱若現的人影。她打電話給母親，淡淡地說了離婚的決定。母親沒有說什麼，只讓她回家一起住。

後來，她搬出豪宅，日子就在協商離婚與陪小譽復健中，緩緩度過。

丈夫的表現有點像是修復平坦的柏油路面，看不出曾如地獄。他說願意支付小譽所有醫療費用，直到痊癒。

「來，換小譽了。」John 遞給小譽一支棒棒糖。

額頭受傷處長出頭髮的小譽，接過聖誕老公公造型棒棒糖，將它捏在手心，而另一隻手讓林瑪莉握著。

這段時間的張世祺也被輪流陪伴的家人握住手，準備迎來下一階段的復健。只要他不集中於自己的苦痛，往左右兩邊看去，在場有一半的人，都仍緩慢而艱難地依循指示活動。

連同他跟小譽在內，活著的兩百七十七人各自為了從痛苦奪回更多，每一日毫不間斷地忍受被疼痛無限拉長的時間。當年，埋在這座城市底下的瓦斯管線怪異地錯接交疊，隱瞞走向，為目標而大意衝向所謂的終端。然而，開腸剖肚，撕裂表層，翻出內裡並射放出致死的毒焰之後，三十二人再也不存在於這座城市、這個人間。

這樣的事實使得醫師說的復健成功日格外漫長。

12

「瑪家太遠了，Vuvu，我們別回老家了好不好？」他向 Vuvu 說。

「Sakinu，我早就回家過了。」自從他受傷後，Vuvu 就叫起他的真名。而面對孫子的話，她沒有責備，反而露出頑皮的神情答道。

對於 Vuvu 的說法，他不太相信。因為他受傷，爸媽更需為了大筆醫藥費全年工作，而他現在動作這麼不靈活，誰有時間帶她回到山的故鄉？

Vuvu 牽著他走出寫著拉瓦克部落的牌子前，轉角窄小店鋪賣檳榔和賣豆花的族人仍亮著燈，等附近工廠路過的卡車司機或許停下來買一份。

「以前這裡真的是我們好不容易找到的故鄉，好高興哪，能住在水邊。水面上的月亮特別圓，看了就開心。我們少少的人，聚在這裡唱歌跳舞喝酒，跟住在山裡面差不多。」

他安靜聽著，抗拒想像爆裂過的馬路曾經是河。

「幾年之後，工廠來了，你爸爸還有其他小孩子有一天跑來跟我說，下雪了！哦，高雄下雪？在家的大人都跑出去看，還用手接著。哎唷，聞了之後才知道，怎麼是雪，臭得要死。Sakinu 你猜猜是什麼？你一定不敢相信，那是塑膠！真是傻孩子，唉，我們都傻。」Vuvu 說起孩子輩的事，記憶如新，說起傻，語調卻柔軟不已。

他望著看向天空的 Vuvu 側臉，知道她凝望的與記憶中的月娘大不相同，不過，她依舊習慣晚餐後搬張椅子，在霧霾遮蔽的月光下編織 Sikau。起針打底，繞袋身、接線，從最初的淺棕純麻繩至後來採用不同顏色編織圖騰，縫合束口環，做成一個個可以販售的束口背袋。Vuvu 賣的價錢根本不及她耗費的時間，他勸過，Vuvu 唯獨這點相當堅持。大概是 Vuvu 想把她心中的故鄉織成背袋，讓更多陌生人把原屬於山中部落才使用的信物帶往這座城市的各個角落，這是最近張世祺所下的結論。

「Vuvu，妳下次教我怎麼編 sikau 好不好？」他揮舞靈活雙手，扯掉浮露的賭氣話。

「Sakinu，你的手還行嗎？」眼力還是很好的 Vuvu 問，「這門手藝可不容易學，還記得你小時候也說要學，結果把我編到一半的袋子弄得亂七八糟。你，不知道還跑去哪裡玩了！」

讓 Vuvu 責備幾句，卻覺得格外有精神，他活動活動壓力衣下的雙腳，今後如果復健狀況越來越好，順利回到工作崗位的話，就能累積存款，買一輛中古車。趁怪手開進部落剷平一切之前，趁 Vuvu 還有力氣，他得活用這些年學會的地理知識，慢慢地帶大家回到山上。

這可能是他，以及他們還能拚命忍耐，不致哭出來的勇士之魂。

如此，他才能繼續撐下去。

13

經過一間便利商店，張世祺決定去買瓶飲料，坐著吹一下冷氣。平常除非中午，其他時間他都在送信。只是最近換的新制服筆挺防水，今天汗水自兩鬢淌了又淌，左腳也覺得特別搔癢難耐。結帳後，他伸手抹乾汗水，馬上灌了幾口。

找了個能盯著車子的位置，緩緩坐下。

壓力褲緊緊圈住的區段，毫無正常皮膚遮掩，一到夏天便會感受皮膚反覆地被痛癢輾過。他曉得全需忍耐，只是沒料到還是很難熬。

復健到一個程度後，John 應允張世祺復職。回到職場，主管遞給他慰問金，要他好好保重。茶水間盛水時，主管不知是有意或無意，提及這不是國家賠償，而是同仁愛心。他停下攪拌動作，稱得上年輕的主管對他笑一下，他突然覺得每個人在晨會時間，沉默掏出一日所得的樣子讓他有點難受。

隔日，同單位的同事桌上都送了一杯飲料。

「靠，你三八洨喔，隨便放桌上，害我以為是賄賂。」之前帶過他的師傅，喝著飲料虧他。

「那拿回來。」他半認真。

「幹，神經。」一下就喝光飲料，扔垃圾前，師傅拍他肩膀，「說真的，如果送不完，隨時Call我。」除此，每個人啜膺喝進甜蜜蜜飲料後，並沒有人在意這是他回贈的心意。

轉眼，張世祺手邊的寶特瓶也快空了。落地窗外無限期免費的熾陽下，黑色的機車座墊格外焦脆。

再不出去，都要起火了，他幫自己再帶一罐冰水，隔著褲子敷在左腳。

正準備離開時，有人喚他，一雙高跟鞋直挺挺走到他的視線範圍。

「你到這一帶送信呀？」林瑀莉沒等他回答就微笑，她晃了晃手中的冰咖啡。

這抹微笑跟他的印象又有點不同了，才這麼一兩年的時間，他說不上來，雖然還是那麼美。

「老師，妳幸福嗎？」怎麼搞的，突然其來的巧遇，讓他有股衝動想問點跟小譽無關的事，並且，不以名字為稱呼。念頭一轉，他僅僅單純回應她的問題：「是啊，今天信特別多。那老師我先去忙了。」

「世祺，有空的時候，再給小譽變魔術？」林瑀莉沒提籃球，沒提他們的傷勢。

穿著制服的張世祺，走出便利商店大片玻璃窗，點頭示意。太熱了嗎？動作似乎又不太靈光了，換檔時踩了個空。

載著一箱信件，加速，腦中浮現的經緯度，有幾條在這座城市交織得特別醒目，他知道萬事萬物都有其相對位置，而很多事最後都會慢慢歸位。只是，當他的摩托車朝向熟悉的家時，那時，新大樓的陰影會隨夕陽降下，矮小老舊的房舍會顯得更像無人聞問的廢墟，未曾痊癒的疤痕。

南方從來不下雪

※

最近，林國義在凌晨四點左右就會甦醒。狀態初始他強迫自己閉眼，拗不過便覺如臥針氈，後來索性一清醒就起身，輕手輕腳地下床，換衣，閉闔防盜大門，走出公寓。

林國義住在五十年公寓群中的一間。搬來一年，總算適應一大早燙亮日頭熨入皮膚，體內水分蒸騰的感受。

熱度是促其早起的關鍵。

窩住臺北的三十年間，冷寒溼悶。秋冬雨季時，牆壁果真在闔家定居後的第三年滲出水來了。找了防漏專家忙一上午，整間房間依舊是鐘乳石洞窟，滴漏著多餘的水分。沒人想讓公寓變成水塘，所以舉凡除溼的電器器具都用上，幾乎二十四小時輪流發出的聲頻成為屋內牢固的背景。十多年後，大概身處低溼環境太久，他的關節每到微乎其微的溫度和溼度變化之際就毛病不斷，步行、上樓、爬山時發作。

自從遷居這一帶，長年關節痠軟的問題漸漸裸裎至表面，日頭一晒，林國義便感沉滯穢溼消失不少，四肢靈活穩當。

行走於凌晨破曉時分，路燈白熾的光源近映地面，加上巷口湧來空調熱氣，即便天未光，背脊已溼。通常，他先走向屈藏在一排住家的廢棄鐵皮屋前，彎下腰，將預先準備好的飼料放在碗中，而虎斑貓仍躲在機車輪子後。他有次看到虎斑貓並不把食物吃光，僅叼了一些，溜進隔壁的防火巷裡。他若無其事地經過，一群走路弱搖的貓崽朝虎斑貓發出細嗓的呼叫。

這是隻貓媽媽。

過去沒有的習慣，不論是清晨餵貓、去市場買菜，都成了林國義樂趣所在。這裡的市場對他來說具有迥異於北部的獨特魅力，即便他不怎麼會說臺語也不礙事。「一斤後腿肉，來，頭家猶閣欲啥物？」肉攤老闆快手切肉，邊問顧客需求。林國義單手提了一條鱸魚、一塊豆腐、高麗菜、茭白筍和附贈的蔥，復接過肉攤以塑膠袋裝好的肉絲，說了多謝，往賣熟食的那區攤子蹓躂。

之所以每日逛市場，失眠只是一個理由，某攤說話風趣的老闆娘亦是助因。她個子高，嗓門圓亮，第一次經過停下是因她一件純白上衣，穿搭年輕人才會穿的牛仔褲款式，當然身材也像。她衝著他微笑，聲音不小地招呼，卻一點都不刺耳，「替您包起來，紅豆餡餅和山東大餅各兩份。您還需要豆漿嗎？今天早上剛煮好的。」難以婉拒，他點點頭。到家後，拿出餡餅，他細嚼出麵香和紅豆泥綿沙口感，而濃厚的無糖豆漿推薦對了，這樣的早餐讓他心飽意足。此後阿妮餡餅是他晨早起床的一點樂趣，也不算特地，他對自己說，就只是習慣這口味罷了。

某次倒垃圾，不意聽對門鄰居說起阿妮有個四肢癱瘓的兒子，說是出生時腦傷造成的，像深怕住戶不曉得這潛規則，一樓張太太補充道，「每天傍晚都在公園看見阿妮推著兒子來散步，大概是還抱著希望哪，可憐唷……。」知道這件事的林國義，並未回應什麼，只是他就此格外當心掐住時間，光顧走動餡餅攤。

他有時分送給同為住戶的鄰居，竟一度離奇地被誤為對哪戶喪夫獨身的太太有興趣。

林國義內心不起波瀾，照樣例行早起。

生活在南方，睡眠的航線輕易將他曳向清醒那一側；因為坐擁極多時間，白晝變得無盡悠長，就算晃了一圈市場，時針才迫近七點。回想壯年階段，工作之故，連在通勤的公車上都能睡。他的工作在高樓叢林的某一層進行，經常性的夜晚加班使他倦極，為了排解，他會走到擦得特別明亮的大片玻璃窗旁，向下凝視。佇立於某種高度俯瞰下方，彈珠意象回堵他的腦袋迴路。臺北城內，藉由燈火撐開夜晚的流竄人群，往攤車，夜市，餐廳店面一簇簇而去，整夜密集進行的小本交易，熱鬧得很。正因熱鬧，買了一樣就再湊向下一攤，一顆滾動力十足的彈珠；十萬顆彈珠，就從暗中滾出霓虹燦亮，再匯集成不規則形狀，直到某種力量讓它們往四周散去。

光點彼此之間是不會交融的，他想。然而，自己仍選擇住在這座島嶼的首都，娶妻、生子。

在他年輕的時候，沒有人不想來臺北打拚。

不過退休沒多久，家人便詫聞林國義宣布準備搬到南部的決定。

「幹麼呀？這裡多好。爸你看，捷運支線之後會經過附近公園，以後去哪都更方便，去南部幹麼？」小女兒潔心不以為然地說著，她臺北人土生土長，直到研究所畢業都沒真正離開過臺北。「爸，還是我託同事問一下目前房價？現在雖然不算出手的好時機……唉，爸，你想規畫退休之後買房，該早點跟我商量啊！」大女兒潔旻說道。

林國義攤開報紙，刻意埋在報紙頭幾頁總統大選和中美貿易戰的標題內容。往後翻，則全是他不認識的明星。有人得獎，有人外遇，有人疑似壓力過大而罹患精神病症。青春的臉孔置放於色彩鮮明的服裝與背景中，撐出時尚姿態，個個像極，倒只有他看了一位就忘一位。之前他問及幾個人名，結果慘遭女兒們白眼。這種情況是代表自己記憶力衰退了？他暗自在心底懷疑，就跟幾年前發作的頭痛，不幸後來演變成失眠。這種事他沒跟女兒或太太說，要是說了，她們肯定又有一堆說好聽是建議，實則是叨念發作。兩個女兒都像太太，說話伶俐，有時連凌厲都浮現了。

他闔起報紙：「我的事都不用你們擔心，忙自己的事去。」

年紀不小的小女兒嘟起嘴，一句不說，索性轉開綜藝節目。大女兒踱步到廚房，說要幫媽媽準備晚餐。

兩個女兒遊說失敗，廚房那頭持續傳來剁響砧板的相擊聲。

他無心再看報紙，然又翻回頭版。

當年，林國義沒打算娶妻的，可是三十歲後，主動介紹相親的是他在服役時期的下屬。退伍不知都幾年了，某次路上巧遇，彼此寒暄幾句後，下屬訝異他還沒生兒育女，便說要替他牽線。他這下屬後來是中校等級的人物了，為人跟之前一樣，特別熱心。他無法推卻，於是赴約了。

短髮女人坐在對面木椅上，年紀看起來比他至少小個六七歲，可他也不能完全確定。盡量不在公共場合出沒的他，第一次進了這間據說挺有名的咖啡廳，向服務生點了黑咖啡，送來，才剛喝一口就險些吐出來。對面穿鵝黃削肩洋裝的女人笑了，取走他的杯子，加了奶球跟糖包，「試試看，順口多了吧？」

舌尖頓時化進一抹奇異的，介於苦與甜之間的氣息，比冒然嘗試的第一口好多了。

多喝幾口之後，他環顧四周，發現客人還不少，他內心狐疑這樣貴的地方竟然有這麼多人要來，他寧可去巷口吃一碗冰豆花。

這些話他自然沒有說。話說得少，咖啡太早飲盡，為了消除緊張，他便盯著女人的眉眼看。女人的眼瞳帶有褐色，在垂吊於他們之間的燈光映射下，光瀅脆弱。眉毛濃密鋪延，每當她說話時，弧度就舒放下來，但一喝起咖啡，又微微蹙緊。

「你從事什麼工作呢？」

女人並不是標準美女，既無瓜子臉也不是鵝蛋臉，卻在衣著襯托下，顯得潤澤有鮮活感，彷彿是剛噴過水的攤上水果。

盯著她看這麼久而沒有被淋上一杯水。他有預感，就是她了。

煸香的氣息，下飯的元素，蒜頭、辣椒、芹菜、青蔥、蒜苗，搭配豆干與乾魷魚。來自客家山城的太太一手絕活，往往他吃得最多。

女兒和太太最終端上四菜一湯，擺好碗筷。放下報紙，林國義自行入座，率先挾了客家小炒，又送進一口飯，咀嚼乾香的魷魚，齒頰之間發覺這菜比起之前少了一入口就滿溢的鹹香和乾烈的衝擊感。

※

穿上高中制服後，他油然驕傲這身第一省中的證明，所有同齡人夢寐以求，也應該是長輩們樂得炫耀的。

林國義一點都不想搞怪，不想奇裝異服，不想嘗試爬牆，他只想穿著筆挺，準時上學。這件事的實現，宛若能反過來證明他跟其他高中生是一樣的。

第一學期的期中考試結束，毫不意外，他獲得高分，也遞交了獎學金申請。眼看公告的期限已到，他三進教務處，查詢的結果仍是承辦人員那句，「林國義，很抱歉，你的獎學金申請沒有過關。」單調平板的聲調使他急著問，確定嗎？是不是漏看了？我可以看看名單嗎？

對方推開眼鏡，放到桌上，「你承辦還是我承辦？跟你說好了，你的獎學金是永、遠、不、可、能過關。以上，聽懂了嗎？」男人撥弄油頭上的一綹髮絲，打發了林國義。

林國義走出門，在校園內熱鬧笑語的擁簇下，不停往前。他想起經常罵三字經的同學，口中喃喃學了起來。他越學越流利，一個個咒詛讓周遭空氣瀰漫戾氣爽快，他回想現在再次回到對方面前，抖開所有卑賤低俗的問候。

這組想像的畫面取代了方才的失落，出於犯險叛逆，他朝校門而去，一切出奇順利，他闖進化外。這一刻既然完成，他便決心今日不回校。

制服學生樣在晃朗的白日下醒目無比，他隱隱然接收到每道迎面而來的偉士牌或腳踏車騎士狐疑的瞥眼。不想回應霸道的窺視，他轉進巷子——橫出的洗衣竿，晒地的醃漬物，幾桌下棋的老伯，影蔭交錯的後院、暗巷，不明所以的方向，也不清楚究竟是前進或僅僅打轉，他不在乎。他依循自己的意志，凡是兜繞所耗費的時間，不會從他身上硬生生剜損。他單純為了行走而走。

沒有目的，這麼一想根本不必悽惶趕路。悶燉的心思逐漸冷卻，那些為反擊而添增的穢語柴火，在他爬上一棵榕樹枝幹時，微風吹散了它。林國義攤開四肢，以背脊為支點，鬆弛半臥在樹的環抱中。

風吹得他昏昏欲睡，第一次在白晝感到藤纏般的倦意毫不猶疑朝他襲捲，使他耽於懵睡。睡與醒之間的藩籬低矮，他越過並進入朦朧而緊縮的黑。不曉得為什麼，他就是知道自己迷路了。雙腳似乎在走，卻老是繞不出這片無法分辨遠近高低的黑。貼近他的黑是一個個具體的詞彙、語句，毫不猶豫地將惡意射向他的耳蝸。聽小骨震動著，他想躲開，想走到一個沒有聲音的地方休息，於是努力揮舞手腳，想著去哪都好，讓自己離開就好。心底越著急，無孔不入的音聲彷彿具有惡意，朝他毫不容情重重掩蓋口鼻雙耳。群聚竊竊私語成為他的內在鬧鈴，持續震動，澈底碎解核心骨脈，融入黑暗。他確定無關黑夜，而是黑暗，沒有誰可以拯救他，一切就此完蛋的黑暗。

充滿毒液的言語持續作用著，剝離著他僅存的意識。剎那，他醒了過來。片晌，他還分不出究竟是醒著還是睡去。難道剛才的是真實事件，而現在只是短暫的美夢？他試著翻身，這才從發麻的左手感知到他確實身處人間。他躺了一會兒，摸了床鋪附近的矮櫃，拉拉小檯燈，頓時室內一隅輝亮了起來，他起身，把上半身垂放到膝蓋上，一動不動地坐著。

他有點迷糊了，他不是還穿著制服待在樹上嗎？怎麼是臥室？

他甚至依稀能感覺待在樹上吹風而引起的雞皮疙瘩未散。不過，一旁的妻子確實有形體可觸，他專注凝視，想讓現實的輪廓更清晰些。只是，這反倒湧洩更劇烈的催逼殘響，爬蟲百足，盡朝腦子裡鑽。在這樣的時刻，他的努力最終會洗成一片白，運作不彰的大腦使他眼前再現父親那次在夜半惶急離家的身影。

踏上榻榻米床鋪的軍靴，達達地如馬蹄踩醒他們一家的美夢。將醒未醒，林國義隨即被母親遮住雙眼。她發抖著的手擱放在他眼球，向他說「閉上眼睛」。他的眼睛一點都不聽話，從眯縫瞧見母親另隻手正急忙翻找些什麼。軍靴震向門口，母親再也顧不得他，三兩步抓住父親，想為他披上大衣。暗得要命的屋內，他直覺害怕起意圖箝制威脅母親的陌生人，母親掙脫威嚇，瞪大眼睛，又堅持要把剛才翻找的塞進父親口袋。父親勉強回頭看了他們一眼，安撫道，我很快回來，放心。這麼說完的父親不是走著，而是被穿軍靴的陌生人拖拉著，他們的槍桿磨蹭過編織齊整的榻榻米，發出切碎了什麼的聲響。

這一冬夜，他永遠記得。

他告訴自己這樣的心情從未消失，只是他似乎不慎遺失了父親的形象。每每自似夢非夢的狀態抽身，四周景象也呈現猶豫的形狀，這與他的淺眠多夢互相牢繫。

為什麼？

年長之後，他自問，從睡夢中被架離這個家的人為什麼不是自己？

他是被留下的人，在現實生活中繼續生存的人。他應該擁有正常的清醒與睡眠，可他怎麼辜負似的銘印了輕微騷動就甦醒的習慣？

回想太太生下大女兒後，他就自動起身察看夜半嚎哭的女兒。女兒飽滿月色般的臉，膚是流動的水，一摸，溼潤感益加不可收拾。就著窗畔的微光，他打開小燈，檢查尿布，又翻看襪子跟被褥。因為不知道究竟是受熱還是捱餓，或者跟他一樣做了惡夢。他逐一細心地檢查、判斷，直到夜半摸黑就能把女兒抱起，並雷達般準確判斷她需要的是溫熱牛奶或其他。

為此故，妻子往往安心閉眼，睡得呼吸深重，眼瞼沒有分毫的波動。他重新躺下，有時會細細端詳，距離之近，令鼻端嗅到濁重的，像是原諒他長久不好好睡覺的深沉氣息。這股有重量的呼吸，使他找到蹚進夢裡的入徑。

睡了二十幾年，退休後沒多久，林國義意外患上失眠，包含白日集中在太陽穴的錐蒺刺痛，一下，兩下，後來也在夜中突擊，捻弄安穩運作的每一條神經線。

「頭痛沒有改善嗎？」

他望著跟他女兒差不多年紀的醫師，旋即在她的眼睛中看到輕微無措的苦惱。「莫要緊啦醫生，老毛病了，妳再幫我多開一個禮拜的藥，好否？」

醫師雙手敲打鍵盤，布下棋局，反覆挪移幾個藥方如棋，她正下著一招，而那招就是專門要向他的無眠對峙。

「阿伯，你回去吃看看，如果還是沒改善，我們再來換其他方式。」

這樣的一包藥，躺在床前櫃。他伸手掏出那幾顆藥丸，服下。林國義咕嚕咕嚕喝光玻璃瓶中的水，肚腹鼓脹如蛙，而他命令自己不准再多想任何事。

※

臺北天候對你的關節來說不太好，買一臺好一點的除溼機，以及如果可以，盡量不要住在這麼溼的地方。家裡不缺除溼機啊，不過醫師另道囑咐讓林國義心念異懸，決定南遷。

這個決定是怎麼冒進他的腦中？

妻子有次看電視劇，劇中警匪互逐、槍戰，毫不馬虎。網友熱搜的取景地點正在南方。沒跟妻子或女兒商量，他藉口出差，南下看了幾次房子，又跟老朋友琢磨了一些在意的細節，一個月後就買下房子了。

「怎麼都不商量？你做事怎這麼衝動？」

「每項條件充足，我喜歡，怎麼不買？妳不是常在念說，退休後後想搬到南部生活？」

「我……我隨便說兩句你也當真？你又不是不知道，兩個女兒的大學學費……」

「早就預留好了，現在我花的都是自己存的錢。」他看著沙發另一邊的妻子，握住她的手。他是不浪漫，可是不代表他沒能力達成太太的希望。「妳跟我說過，我記得可清楚了，妳說想種點特別的花啊草的，還說過什麼開心農場……」

一頭短捲髮的妻子有滿腔不樂意：「我那些舞蹈班、插花班跟每個早上的太極拳，讓我怎麼？停掉嗎？費用都繳了。」

他沉默著。

太太幾乎每天透過 Line 跟不同群組互傳的合照或勤於聯繫的，其實是出於取暖互易需求，審慎以金錢挪換的行為。錢在他所不熟悉的領域中，已兌成太太快樂的點數。

「好罷，妳有空想來的話再過來吧，地址在這。」林國義留下地址，拖著行李箱，隻身南下了。

負氣似的離家行為，一晃數月，林國義在南方的老房子裡自在得很，身體和氣色也可以說穩定了不少。

對於新房子以及華麗裝潢一概沒興趣，倒是一般人嫌管線老舊，環境條件不及新成屋的老房子，他情有獨鍾，尤其附帶院落，能夠植樹，擺幾盆花的那種，這大概與年幼時和父母住在一幢老屋裡有關。

當年老屋所在地，現在的他大概是沒機會確知。離開老家，遠離童年，他先是急著忘卻關於老屋的所有，後來卻是怎麼也拼不回原址。

臺北成家，太太重視所謂的生活品質，他與太太及一雙女兒住在白淨無垢的電梯大樓裡，不論新北換入臺北市區，裝潢或設計，選擇權都不在他身上。

這麼說來，選擇老屋和獨自生活成為南遷最重要的樂趣。老屋臨近的市場也舊，這裡不比什麼都貴的臺北，除了光顧餡餅店，有時也吃熱騰騰的麵啊粥的，吃得很足，意識沉澱著，就順道去武德殿或港邊碼頭散步。覺得燥熱起來時，走進冰果室或賣涼茶的小舖，喝上一杯。林國義通常會替自己煮中餐，吃完睡一場長長的覺，差不多一天就這麼過了。

南方的夜，沒來由地使他想起從前臺北郊區近山空氣，離霓虹彩夜極遠，近的是安靜。只不過這一帶地區並不完全寂靜，偶有飆車聲或年輕人嬉鬧喧譁。然而，如同小時候母親教誨的，拉上和式拉門代表準備入睡了，儀式性地他能發自內心感覺安靜。如此，他提早沉睡的機率便越來越高。

自從童年歷經那事，他畏恨起夜晚，即使亮著夜燈，他一概臆想潛伏於空間而隨時要竄擊的力量，並非普通燈光能夠照出其原形。作為房間的主人，他成為夜晚中的心跳，撲通——撲通——撲通——，等待未知的危險充血而鼓脹。這道固執的聯想與懼入骨髓的那晚相關，母親被槍桿子毫不猶豫指著，完全不留情的威脅抵至成年後的夢中。這道颼冷始終有意無意地包裹著他，令毛孔發寒。難以忍受寒冬的他，即便後來在臺北待上這麼長的歲月，於記憶的葬堆中，未曾分解、未能回收的，正是一切怕冷的起源。

幸好爍石流金的南方天候使他身心好轉。除此，他重新養成登臨看海的習慣。平日趁遊客不多，會選擇取徑小道，待氣喘吁吁抵達英國領事館，賣冰的與兜售玩具的小攤差不多要與人群一起散去了。領事館的花欄石雕及磚造雙柱在日頭下定格，他則停在半圓拱處，感覺喘氣的胸膛讓掀起的海風輕輕拂著，消波塊把海隔出一段距離，貨輪鳴笛聲從西子灣依稀傳來。

這樣的畫面父親一定見過，幼時想必也曾與父親一起望見相同的風景。

南徙之後的每個日子，他嘗試拉扯記憶的線頭，只感覺些許碎屑掉落，胸口飄盪轉瞬即沉的情感。太容易遺失了，他想。

退休前兩年的冬日，氣象頻頻播報最強寒流的消息。主播的雙手不斷在衛星雲圖上方畫圈強調除了山區降雪，低海拔的丘陵地帶也有機會下雪。「提醒您上山追雪務必做好保暖，車子也別忘了加上雪鍊，我們隨時為您掌握天氣最新近況。」果真，室內氣溫冰冷到雙腳掌心僵麻。這般天候中，外頭傳來門鈴聲。朝樓下探了一下，是郵差，他隨意穿上夾克就下樓簽收。

爬梯而上，他才發現收到的信封有檔案局幾個字。這會兒，全身血液一下因而經歷一波退潮，他感到頭暈不止，只好站著扶牆，等待頭暈過去。會過去的，他捏著信封想。

回到自家，他坐在廚房的桌側，稀薄的日光讓陽臺盆景映出淡蔭，也落在他手上的白紙黑字上，他卻絲毫沒有感受到溫度，反倒後頸與額角浮擠出冷汗。

「國義？我在外頭按了好幾次門鈴，你沒聽到嗎？」外出買菜而忘了帶鑰匙的太太，終於進了家門。

林國義活到半百，還未正式觸碰任何有關父親的真實訊息，而這封來自檔案局，攤開的紙本上「私人文書申請返還作業」幾字，讓他體內那股纏黏的記憶明目張膽地爬出，直接按住他的咽喉，攪動他的眼球。

他沒回答妻子，只逕自拿了錢包跟手機，推門外出。

「喂！欸，你出門了就記得去繳電費，快到期了。」她的聲音像是硬要飛向空中的鴨子，林國義雖然聽見，可他才剛開始被內心盤旋的風暴捲入，遂故意般一刻不停地向前走。

備辦年貨的時節，臨時攤商布置的春聯、糖果、各色零嘴，為冷透繁忙的臺北城設置攔截點，不少人拿著塑膠袋，駐足秤重議價。疾走至公車站牌前的林國義下意識也買了一小袋，即使久住安養中心的母親不能吃糖。

為了慶祝而騷動熱鬧的街區，讓他稍稍放開緊捏的通知信。

信函牽連的是領悟不了的惡夢。

十多年前，他與已算年邁的母親搭乘計程車抵達六張犁。司機把他們送上狹窄的上山道路，眼前所及一片雜草亂樹，枯枝敗葉圍繞的是一塊塊書本大小的石碑，石塊上寫著人名，而滿山遍野起伏的丘陵地，據說埋藏著一個又一個只有家人才記得住的名字。

拄拐杖的母親，顧著彎腰，遇到名字不清晰的，就壓低佝僂的腰背，動手要抹除塵泥的痕跡。「媽，阮來就好啦！恁佇遮休睏。」他安撫母親之後，以手撥動草堆，一個一個確認。

父親有名有姓，然而對他來說除了名字，他缺乏一張幼年和父親身體相擁的照片。

夕日餘暉灑落，費力一下午顯然徒勞。林國義滿身狼狽回到母親身邊，打算就此打住。

攙扶母親轉身時，母親忽然用拐杖敲著地。「彼跡！阿義喔，彼跡啦！」她大聲說。
母親皺褶的臉上露出奇異的悲傷，她方才那一喊，把他的倦怠驅趕光了。他不得不循著母親著急擺動拐杖的方向尋去，偌大一片混亂，該從何找起？
啥物攏無啊……。
在母親聲聲指認中，離腳跟不遠處的一塊碑石剎那間變得較其他碑石更巨大，彷彿具有活跳跳的血流，與母親的聲波回應。
林國義蹲下，以掌心拂了拂，它露出名字——林富全。紅色的字樣撞進林國義眼底，劇烈的震動讓記憶那一塊塊密疊的黝暗，位移崩落。
他想起來了。那一日是高大英挺，服裝一絲不苟的父親自部隊收假返家的時日，久違的歡聚讓父親神情特別放鬆。林國義向母親擠眉弄眼，母親於是笑問何時才能全家一起出遊？難得回家而對他來說略顯嚴肅的父親當下爽快承諾，過年之前會帶他們到船艦停泊的海岸參觀。
渾身潔白清爽，臉上隨時保持抖擻英挺，無須壁上獎章，小時候的他早早知道父親是海軍的明日之星。父親雖然從不炫耀，但左鄰右舍來串門子或客人來訪都是這樣說的。對林國義而言，雪白、正義、無所不能的父親就是他的偶像，這樣的父親將帶著他，帥氣登艦。林國義在記憶的裂縫中撿到了自己曾經有過的幻想。

這道幻想，埋在與墓碑同深的大地之下。他一回頭，見到渾身顫抖的母親放掉拐杖，一步步走過來。母親穿著厚襖，臉皮的色澤卻遭逢極冷雪景般，淡去血色。

林國義隨即趕上去扶著她，而緊抓在手的母親忽而跌坐在地。他還沒緩過神來，母親已經跪擁那塊石碑，反覆撫摸。林國義永遠記得母親用指尖碰觸林、富、全，枯癟生斑的手與鐵灰泥濘的墓碑，在即將暗去的時光裡重逢了。他蹲在母親身邊，環抱著母親屈折的肩，感覺空空蕩蕩似的只留骨架。母親並沒有如他憂心那般放聲大哭，這讓他感覺安心一點，過度傷心的母親是他不願再看到的一幕。

這次偶然尋獲父親碑石的契機，使母親鄭重囑咐他得找人來撿骨。身為人子，這些是遲來的也是最基本的敬意。

不過，他仍舊無法知曉當年父親到底被帶到哪裡？發生了什麼事？後來父親過著什麼樣的生活？這些問題，青少年時期的自己便曾向母親追問過。

你莫佇遐戇想矣，緊去讀冊較要緊。

不願他多加探問，母親的雙眸猶似太陽直射玻璃，過於刺目的光線有意無意地警退著他。

漸漸學會退後與掩蓋，但心肝內的問題慢慢地漲滿體內各種有形無形的囊袋。盈滿到了極限，他反而感覺匱乏如許。他亦經常夢見自己成為已經摘除所有臟器的人，醒來後心魂久久未定，他決定向外界取得一項他喜愛的東西。

他沒有錢，取得就等於偷得。不過一開始他也不認為是偷，只是他發現當自己第一次咬下偷來的食物，浮躁之心竟因為極度焦慮亢奮而安靜下來。所以，他沉入偷竊的水域，所有在現實世界能夠取得的，具成目標。他無所不偷。

沒有不破的謎題。

鄰居揪出他，沒拎去警局，只是帶著他回到家。當時的家中不只有母親，還有繼父。

本打算獨自撫養他的母親，後來在家族長輩的強烈意見下，改嫁了。改嫁的男人開貨車，搞批發，有什麼生意就往哪去。

那次母親並沒有打罵他。當夜，她堅持繼父要想辦法。繼父是老江湖，嘆口氣，決定舉家撕除南方的印記，一路向北。

他的童年後半與逐漸長成的青少年階段，有著繼父幾個大孩子和自己處不來的畫面，他們老是用高高在上的姿態使喚他。至於學校，轉學後的他告別了昔日玩伴與朋友，在擁擠的學校中，學習和陌生疏離的都市人當起同學。他一開始想融入，不過很快的，他不僅確定找不到入口，其中有人竟然匪諜匪諜地標籤他。

「喂，快走，匪諜的孩子來了。」

「匪諜就在你身邊唷，哇哈哈哈哈，原來老師跟我們講的都是真的。」

「林匪諜，你匪諜。」他在廁間聽見，在每一個空暇的餘地，從童年聽到青春。

於是，他抓住單槓，把自己撐上，甩下。比起一般喜歡玩躲避球或籃球的同學，他有更寬闊的肩膀和結實的上臂。他的時間沒有等待期，避開耳語的時間，他用來舉起自己。

初始相當費力，找到訣竅後，他能連續翻滾多次。有次被校內一位不熟識的體育老師撞見，他既驚訝又惋惜，直說可惜校內沒有校隊，不然一定訓練他。

他是值得接受栽培的，那次的肯定成為當時庇佑他的護身符。

這樣的事，他一個字都不曾跟母親提過。他與母親各自堆積隱匿著痛苦，而使得父親永遠靜止在最遠的所在。一身純白無染制服的父親陪幼年的他擺盪飛高時，咧開的皓白齒列在每一個艱困日子下，沾染塵埃。隨著時間作用，他所記得的歡樂片段裂解破碎。

那回從亂葬崗回來後，林國義一直觀察著母親，近乎憂慮地觀察著。

總覺得像螺絲鬆掉了……。

母親拿著冷氣遙控器想看電視，已經吃過中餐的午睡後，問他何時要開飯？坐在沙發上的母親變得比之前更不願出門。有次他請母親在公寓樓下等他把車開過來，但當他回到原地，母親竟已不見蹤跡。

費了工夫四處問路人，才在公寓附近市場的熟食攤發現母親正在挑選。

「阿義，你看你老爸足興的蝦仔，我欲買幾盒，來，你緊來共我鬥跤手咧！」

林國義望著母親，幫忙把她指名的食物結帳。拎在手裡，一盒盒塞得滿滿，確實都是父親常吃的食物。

母親後續的照顧責任，他那群繼兄姊宛如置身玻璃罩外的世界，杳無音訊。妻子建議送安養中心，但林國義不肯。挺起大任，他盡可能準時下班。除此，勤於諮詢專家也申請到府服務，泡進照護的池子裡泅泳，他得學會四肢並用，在水域裡取得呼吸的機會。這段時光，林國義有時恍覺這也是替未來的自己而準備。

他做得其實很到位，雖然累極，可是反而令躁動浮跳的心安靜下來。當他試著替母親準備適合的三餐，一週幾日陪母親散步，準備好最糟的情況來應對，似乎就移除了一塊憂慮的石塊。他所做的只是想讓母親從搖晃不止的水面獲得安穩，縱然無法上岸，可是，一切安全。說來，他甚至準備好當母親出現大小便失禁狀況，他將如同母親對待襁褓中的他那般，細心地擦拭，恢復原狀。

母親年輕時候非常美麗，完全是妻子無法比並的脫俗之美，現在全然退匿在鬆開的肌肉線條之後。林國義想，假如這一生是父親陪伴著母親，或許母親在他幼年記憶的模樣，將會穩定而永恆。

再如何做足準備，都不及有次他臨時支援工作所遺留的空白。當時，只剩母親在家。聽鄰居說猛按電鈴的送貨員讓母親在準備下樓開門的過程中，慌張急促，不慎踩空樓梯，跌了下樓。骨折住院的母親，讓醫生終於提出專業照護的強烈建議。

只是，後來怎麼還是去了安養中心呢？林國義對自己嘆了口氣。

※

繼父帶著一家人搬去臺北沒幾年，升上國中的林國義克難省下一筆零用錢，膽大買了票，一路坐火車到高雄。

那是個灰色的早晨。

運動會的紅色旗幟幾日前已懸掛在校門。身為應該要代表班上比賽的選手，已經熬過好一陣子的苦練，可是他趁運動會消失了。

他終於受不了從南至北遷徙所積累的疑問。身周密密麻麻聚集的記憶斷片不知從哪時開始闖進了他的人生跑道，變形為競賽選手。原先勝券在握，即將迎來雷動掌聲的他，閃失的瞬間讓這群不請自來的選手一個個超越了他，他竭力奔前，想追上喊停，抗議這根本荒謬。他不曉得為什麼裁判沒有阻止？這股執念讓他繃緊大腿肌，踩蹬跑道揚起的紅土粉末飄在半空，在眼球上製造一場場風暴，而過度擺動的雙手也微微有了抽筋感。他的意識進入無法控制的加速，所有再微弱的記憶，逐刻復甦。緊咬牙關，他成了無限迴圈的超載體，他既要追上疑問，又要極力避免被突如其來的哨音阻斷獲勝的機會。

他想贏。他追逐著，卻又好像被跑得太過的時間追著跑。他無暇理會，他只管衝刺，彷彿一而再地試，才能撐到最後的勝利。

從這重複的夢境甦醒之處是繼父選定的臺北近山郊區老舊公寓二樓的一張榻榻米

上。甦醒剎那的林國義，轉動手腳關節，但除了略有選手常見的痠痛，不見任何抽筋或發炎現象。

這樣累到驚醒的次數越來越多。

當他睜眼，母親、繼父與繼兄姊都還黏在夢的底層，鼾聲四起。他躺著望向窗外，天色介於灰藍——臺北即使真正天亮，天空只是成為相較淺色的灰。

無人商量，也不想跟誰商量。出於倔拗，也出於對自己的相信，林國義沒透露半句，人就在火車上了。

偷溜出去的小細節一概可以輕鬆解決，他都想好了，一旦被查票或詢問時，該用什麼理由，包含他準備了便服，上車前就換裝，也不背書包，以免被盤查。

不過，有關的盤查沒有發生，比料想中還順利地，十三歲的林國義抵達高雄。下車後，日頭便如影隨形地乾烤著他，他握緊背包，依賴著僅存的印象和關鍵字，向車站人員打聽到前往左營的交通。

搭上公車，他一路就著推開的窗子尋想並溫習斗大行道樹葉面，荒涼草叢，忍耐鼻腔的惡濁氣味直到因為晃蕩路程而有了不同的景觀——路上的軍人，一座蟲卵式複製疊生的巨大迷宮，幾間軍用品店。

高雄道路一如他記憶中筆直，直通通到底的棋盤式街道，讓他最是期待只需跟母親走到自家巷子連接大馬路的路口，張望一陣子，便能如期迎接父親。燦爛到刺眼的陽光下，母親會撐開傘，拿手帕替他擦汗，裡裡外外連眼眶都留意到，讓他總是能以最乾淨的模樣，等著一襲純白制服被即將西沉的太陽反照出無法取代的亮度。他伸出雙臂，抱緊父親並聞到一絲鹹味，氣味背後彷彿攜來一陣風，讓他聯想父親抱著他看過的海。海邊的空氣，他第一次聞到就不排斥，甚至問起父親為什麼一片亮晶晶。父親突然笑了，那是海。以後帶你去很遠的地方，有海，也會下雪。已經學會這些詞彙的林國義聽到這番提議，樂得奔跑起來。

母親和父親都不制止他，尤其是穿著美麗洋裝的母親，只是微笑。

而今擅於跑步的他重回南方，眼底浮映的畫面錯位，跑進其他窘迫而陌生的框內。他試圖找回曾於南方呼吸與生活的感受，可是，矯健雙腿走了一下午，始終沒有尋覓童年老家，他不明白為什麼。

記得，是為了有機會再回來。

偷偷回來的這一天，沒能讓少年時候的自己重拾幸福。在毫無記憶點的時光裡，他成了一個閒晃的人，應該存在的目的地竟如泡沫化去。關於南方的記憶無法跟母親核對，比起思念的遺落，他更畏懼母親的憂愁和傷心。

走至傍晚入夜時分，他終於放棄。跳上火車，再次被帶往北方，在列車上，他發現自己的皮膚晒得更黑了，比起日日操練所領受的日頭。一日南方，就足以證實他是土生土長的高雄人。

※

醫囑提及老年癡呆症狀在服藥的情況下只能減緩惡化，多半情況只會隨著時間變得更糟，甚或妄想症引發幻覺也是常有的事。因此，安排母親入住安養中心之後的每日探望，成了林國義對自身的承諾。

這間位於新建大樓內的安養中心是他與妻子幾經比對，奔找多處之後的選擇。應該不是他的錯覺，自從將母親送進中心，太太看來愉快得多，亦不再頻頻找碴。同時，他發現母親的身體狀況也似乎被照料得不錯，至少他每天跟媽媽說話時，能偶爾捕捉到她眼中的光芒。

如同往常一般，公車爬坡抵達安養中心附近站牌。車門開啟，冷風強自灌注，他第一次感覺手腳在溫度的威脅下變得不怎麼靈活。

進入大門，一群身體已然佝僂，卻仍按表操課般，固定時間吃點心，固定時間放風的老人，他們以生命為燭的底線快要燃盡，林國義已到看得出這是怎麼一回事的年紀。

他凝視坐在中庭等著吃點心的母親，手中把玩一顆飄散亮片的雪花球。

「阿月阿姨手很巧，玻璃雪花球裡面的布置跟別人都不太一樣呢！」

母親沒有發現他的到來，而似是沉迷地上下搖晃這顆雪花球。

特別寒凍的天候，讓林國義突然渴望掌心的溫度。他上前替母親添加毛毯，握住母親的手說：「阿母，恁這造得足水欸，內底有啥物？」

母親挪回眷戀不捨的視線，將做好的雪花球放到他手中。聽中心的人說，製作雪花球很簡單，膠水與清水的比例拿捏得當，搭配亮片和喜歡的小物，就能做成應景慶祝聖誕節的雪花球。

這顆矗立著一個雪人的球體內，除了雪人，並無飛馳的麋鹿，聖誕樹或樹下簇擁的禮物。左看右看，這個雪人的存在是為了獨自迎向飄落的雪。

透過把玩晶瑩透明的雪花球，林國義刻意輕鬆自然地說：「阿母，阮今仔日收著一封批信。」他拿出通知，「遮張批……會當予阮申請，拄仔好是揣著阿爸批信的機會，咱去申請好無？阿母，恁甘會同意？」

「啥物批信？佗位來的批信？」母親沙啞地回。

「嗯？阿爸予人掠去啊，我細漢的時陣毋是直直問阿爸的代誌？今仔日政府講阮會使去申請文件矣。啊毋過，阿母你肯無？」

母親投來茫然，一點波瀾痕跡都沒有的眼神。隨後把雪花球輕輕搶了去，睨他一眼說：「恁清彩講，恁阿爸是駛船的，袂曉寫字，哪有啥物批信？」話說得篤定，還讓他聽出責怪憨慢的語氣。

推著下午茶到來的服務員詢問是否需要點心，母親接過燒仙草，還向穿制服的服務員微笑。

阿爸怎麼是開船的？阿母是裝傻，還是在他不留意的時時刻刻，病情向惡化靠攏？

林國義收妥通知信，撫摸著母親的背。母親舀著燒仙草，努力吹涼。他悄聲說：「阿母，恁先吃，阮明仔早再來看恁。」

懷著疑問，林國義快步走向安養中心櫃檯探問母親狀況。

「我核對一下您的母親身分，名字是吳美月對嗎？」林國義點點頭。「阿月阿姨最近狀況不錯，你不是天天都來看她嗎？你應該感覺得出她氣色比剛來中心的時候好多了，對不對？」

本來想問母親記憶力的變化，卻碰了軟釘子。他回道：「看起來滿有精神的沒錯，可是如果我阿母有什麼狀況，再麻煩你們注意一下。」櫃檯人員點頭允諾，隨即發出驚呼：「欸，慢且，我來我來。」他順聲看到一位白髮而關節扭曲的老人準備起身，而櫃檯人員趕去攙扶。

林國義環顧四周，或坐或站每一位老朽努力一上午的聖誕雪花球已被安全地擺在櫃子，看來是安養中心的人員怕弄翻打破，不知何時迅速收妥放置。手上無事好做的時間，又令他們回到勉力撐持肉體的狀態。

林國義回望母親，想再交代什麼，卻只看著母親製作的那顆在其他雪花球的對比下，分外清寂。

從安養中心回到車水馬龍的臺北市區，渾身充盈虛耗感。他暫時不想回家，而是走進一輛剛到班的公車。一坐進位子，駕駛旁的跑馬燈顯示這輛車即將前往陽明山，他沒什麼意見，此刻什麼都好。

兩側車窗因過冷而形成霧膜，他伸手擦淨一小塊，好明白在遶行的車程中，自己究竟到了哪裡。即便剛才希望讓公車隨意拎他野遊一趟，然而他發現對於前往非計畫性的地點仍舊忍不住興起掌控的欲望。

冷極的寒流天，車上不知為何湧進波波人潮，最終擠滿乘客。司機帶領整輛車搖晃行進，走走停停，緩慢爬升。車行彎繞，而周遭陌生人的空氣逐漸讓他恢復溫暖。林國義在無預期的情況下闔眼，沉沉入睡。

車門洞開，乘客紛紛起身下車的時機，讓他霎時睜眼。睡得這麼熟啊……，這段無夢的小睡，一時分不清人在何方，只迷迷糊糊跟著下車。

才離開車門，前後簇擁的乘客率先發出驚呼聲。

這是雪耶！雪！

欸，陽明山真的下雪了，你們快上來。

難得一見的臺灣低海拔雪景，別說我沒告訴你們喔！

興奮聲浪濤起濤落，飄落在肩頭的微霎冰涼冷進鼻腔，讓他仰頭瞇眼。若有似無的雪，正隨著眾人的驚嘆聲持續而無序地掉落。

冰霰主掌了天空，只穿夾克的林國義發了個顫。他想起氣象播報員預告最近會下雪的事，——啊，還有催他去繳電費的太太聲音。

不管了！

他試著離開人潮成團的停車場，朝稍微幽僻的小徑走去。多數上陽明山的遊客選擇逗留於花鐘周遭，倒沒跟著上來。林國義憑年輕印象邁步，相距三四十年，他的心中對現在的景觀興起一股怪異的排斥感，在他印象中，過往的陽明山美多了。

從南方逃來臺北，他是什麼時候接受了臺北天候？

第一次上陽明山是母親帶著他來趕杜鵑花的最後一個盛開期。粉色斑點，純白的，豔色桃紅的花朵全然綻開的路上，母親一手拿著上午剛做好的便當，用布包得妥妥的，一手牽著剛轉學到北部不久的他，說是要去野餐。那時候的母親怎麼可能會有心情跟他去野餐呢？後來百思不得其解的細節，年幼的他一點都不感到奇怪，反倒慶幸母親似乎又恢復到父親被帶走之前的模樣。

年輕的母親走了一段路，臉龐透出幽微的色澤，可母親沒有停下的意思，雙腳以他幾乎跟不上的速度，拉著他走到山巔才停下。

等到兩人都在山上時，母親慎重其事地打開飯盒，豐盛的菜色是他所未見。母親示意他快吃，而自己掏出紙袋，啃著饅頭，他幾次要把菜夾給母親都遭到拒絕。母親雙目除了看他，就是投向四周叢生的樹海，沒有他人，僅有萬葉俯瞰他們。

以後別再偷東西了，知道了嗎？母親說道。她的口氣不像生氣，卻讓他害怕歉疚。

林國義放下咬了一半的排骨，怯怯瞄著母親。就他的記憶是，母親停了好久才回望他。那全然看向前方的側臉，好像努力按捺著即將破蛹而出的絕望。當時他自然不知道什麼是絕望，這都是後續回想才給予的定義。

吃完便當後，母親便真正把他牽得好好的，唱歌給他聽。都是些他沒聽過的臺語歌曲，但讓他覺得非常舒服。

那次下山之後，他便不再偷竊了。

往昔他與母親站立的所在，樹海灰飛煙滅，盤據平原區的是高價豪宅，他與妻子工作一輩子都不會買得起，母親跟他後來也未曾找到這樣完整的時間與心情，再到陽明山來野餐。

林國義活到現今，沒想過能夠直接在陽明山看著落雪。母親的病況，使她已經不適合親自爬上因為雪而微溼的泥土地了。

百年一見的落雪，持續降落在他的髮絲，他身後綿延望不透的群巒。臣服於冰雪的山間萬物，使他想起埋葬父親之地，是否也成雪景？

關於父親遲來的身後事，他請來撿骨師與道士，火化之後放在一處新建的靈骨塔中。往後清明相見，便不再需要蹲伏於眾多冤屈亡者之間，而能夠靜躺在玉床琉璃中。那麼，父親應該可以居高臨下，閒散地看著異常氣候下的冰霰是如何覆蓋繁忙的都市，降噪虛無的渴望，讓世人偶爾能夠抬頭嘆一聲：「啊，下雪了。」

在林國義眼前黑幕澈底，而亮起的路燈驅使他從一層又一層的深洞中甦醒。他其實也是醒著的，只是不知為什麼就這樣掉進不能預期長短的時光隧道裡？

正在此刻，他啊了一聲。在安養中心安靜製作雪花球的母親，球體中那看似孤絕的雪人，有沒有可能就是母親心中的父親？

空氣浮蕩，林國義怔怔立著，短短的時間內，宛如時空迷霧的記憶透過冷冽而實體的雪，朝他襲來。他再次憶起曾為海軍一員的父親。

有印象伊始，他們一家人住在發配好的宿舍裡，每回父親返家，都會帶來一些海的信息。從漁港買的海鮮，多半是蝦子，一概交代母親料理。父親有時會拿一袋燒酒螺，坐姿端正地吸吮著；年紀還小的他吵著要吃，啜在嘴邊卻什麼也吃不到，只留下一口又辣又腥的味道。父親哈哈大笑，把頭上的大盤帽戴到他頭上。過大的帽沿一下子擋住視線，林國義卻喜歡這頂帽子，嘗試各種角度，想把它留著。不過，最終功虧一簣，還是把臉蓋住了。

低海拔的雪讓其他遊客驚喜，而他則預期被雪融之後更清晰的事實所驚醒。

他默思南方是不下雪的，從不。

如此，孤單的雪人便能受到一整個夏季的陽光照拂，脫卸憂悒孤絕的雪花。

林國義揣著想帶母親回到南方。然而她未能等到南返，便與那顆雪花球進入恆久的冬日了。

※

順著石梯，林國義沿淡黃色燈光而下，來到漁船停靠的哨船頭，海之腥臭益加明顯，而準備收拾漁獲的人問道：「一堆三百，要不要？」

看了一下保麗龍盒中的魚，說道：「幫我全包。老闆，這哪裡的魚？」

「高雄港一帶啦，你看！」膚色粗糙的賣魚人指向海的終點，「放心啦，都是當天捕撈的。」對方拍胸保證，或許是因為全數賣光，臉龐難掩喜色。

接過這一大袋魚，他拎著走回。巷口聚集了比白日更多的貓，牠們穿梭跳躍，林國義低聲勸慰躲在黑暗中的貓，另一隻手開啟大門，大門卻一轉就開，他闔上，發現客廳的燈亮著，這比起方才野貓掀起的群叫讓他更愕然。

「你去哪了？打你電話也不接！來吃飯了。」坐在屋子裡的太太拿起紙巾遞給他，這才發現他買了一袋魚。

她瞧了他一眼，問道：「我現在去煎一尾來？」

「喔，好啊！」林國義答道。

廚房傳來切動瓦斯開關的聲音，他聽著，滋滋油響，刺刺的熱度。

「這禮拜回臺北，找時間跟我一起去檔案局。」

「什麼？你說什麼？我在煎魚，你等一下再說啦！」

「沒事，吃飯。」

他恢復沉默。遲來的通知信，現在再遲也沒關係了。他安然篤定地伸出在南方重新晒黑的手臂，夾一口妻子做的菜，仔細咀嚼。

大海的氣味穿過廚房與客廳的通道，不同於臺北城內，一切就跟港邊魚販保證的那樣，林國義感受胸口傳來直率的相信。

那場潔白的雪已過，未來將不再令他失眠了。

明天我們去看海

※

按下「送出」鍵，簡泰偉又更新了ＩＧ限時動態。

他飛快挑選照片，貼上表情符號、送出，也將辣味洋芋片一片一片塞進嘴裡。出現在ＩＧ上的清一色是他近日的食物照，最近他愛上的是這味，上次硬跟在阿俗身邊，說服他從 Costco 補了好幾包家庭號。

大約四、五歲開始，零食就成為補充開心能量的必備品。等待媽媽回家的時間，他一個人能待在拉上窗簾的小房間裡玩上一天。童年對家中的房間最深的印象只有暗無光線，而且當時的他很怕黑，幸好媽媽在出門前總會抱抱他、安慰他，並掏出可愛玩偶和點心，輕聲吩咐他要跟玩偶們玩，不然它們會無聊。於是，他為玩偶配音，替兔子跟熊設計各種比賽，有時候他還會拿出迷你版碗盤，分別放上餅乾，邀請它們吃下午茶。在他的安排下，玩偶客人越來越多，其中有隻絨布斑紋松鼠擁有一對短小手掌，他愛極了，因為他可以把一顆滿天星塞在裡面，說預設好的臺詞：「吃吃，滿天星。」然後再自導自演，從絨布松鼠那兒吃掉滿天星。吃了一顆，再放一顆，後來，他幾乎跟所有布偶都這麼互動過。

長大後，簡泰偉依然愛吃零食，可是身旁不再是那群 Q 版兔子松鼠玩偶。

現在，身畔病床上是罹癌又老說自己沒剩多少日子的媽媽，她已虛弱到手腕讓他手一伸就能完全包覆的狀態。可最近不知怎的，她忽然提起他的童年，根據媽媽的回憶，四五十年老公寓鄰近一整排工廠讓人稍開窗就迎來濃臭廢煙，氣味頑強停留，連牆壁都依稀沾上讓人作嘔的氣息。媽媽話鋒一轉，「誰曉得住那裡會……」似是告解又像是辯解，「還好那天我回來得早，把你抱出來了。那天我剛好身體不舒服，向公司提前請假，準備要回家休息的……」說起這段往事，她眼眶泛紅。簡泰偉聽著重複的憶往實在有點不自在，他早就把許多過往放在很深的抽屜內。而該場惡火的回憶被媽媽重新鉤住之後，抽屜洞敞，遭關押的細節如苗火擴深。媽媽口中的那一天，他跟布偶玩累了，不曉得為什麼睡入這樣的夢境：夢中他獨自爬樓梯，爬啊爬地登上最高階，卻又突變為向下延伸的階梯。他流了好多汗，沒有水也沒有人，他想停下來不走，劇烈搖晃的梯面卻逼他必須前進。

直到媽媽找到他。

最後是消防員救出他們母子的。那場惡火的後續，他才曉得媽媽跟自己算是非常幸運，只有輕微嗆傷。他被橫抱到救護車的第一個念頭是，好累，好睏，灼熱焦躁之後，他終於沉沉睡去。

※

罹癌的媽媽住一間四人的病房，房內關拉簾子也阻隔不了鉅細靡遺的窸窣小事——手術失敗，術後感染，乃至其他家屬因病人悶燒爭執的種種。別人家務事他壓根兒懶得吭聲，故掛著耳機是待在病床邊的唯一方法。倘若換作媽媽因疼痛陷入躁狂激動，哀號聲持續送出齒間，那如白麵團的臉龐上浮現蒼白以及不甘願不認命時，毫無能耐的他只能請護士來。護士來過，做出臨時調整讓媽媽好轉後，媽媽便要紙筆。

「媽，不要這樣。」

「啊莫袂安怎？毋過提筆佮紙來，阮欲寫字。」

生病前不是這樣的媽媽現在一旦嚷著要寫字，簡泰偉就會放下手機，從旁拿出畫板，墊在空白筆記本下，讓媽媽盡情書寫。她無力握筆時，就由他負責記下媽媽想說的事。因此，簡泰偉後來逐漸明瞭作為工廠作業員的媽媽為了維持順暢出爐的工具零件，長年被要求只需重複固定又準確的動作。在生產線工作，一再被強調的是專注對待眼前的小螺絲，務必達到規定的產值，最後才是小心別被機器弄傷。可惜，身為製造者，再資深的經驗都無法讓她透過自己的雙眼見證成品其完整、嶄新，送到商品區的模樣。

工作結束後的媽媽，融入千百個從工廠騎腳踏車離開的人形圖樣，等速消失。全心全意付出多年的工廠，後來資遣媽媽了，不僅是媽媽，還有同廠的其他女工。

原先只打算逕自宣告破產的公司在新聞報導與輿論壓力下，不情願地發放微薄而不成比例的金額，而後拔除生根已久的員工們。

媽媽帶來醫院的衣物箱內，正挾存幾張年代久遠的抗爭現場照片。照片中的人們沉著臉，有靜坐抗議，有遊街舉著布條，似乎不僅僅是在地工人而已。除此，箱內還有泛黃的當地報紙，斗大標題——無良廠商汙染當地逾二十年。簡泰偉逐一端詳泛黃近黑白的照片，翻看其中媽媽露臉的幾張。媽媽曾有這麼年輕清秀而帶著憤怒的臉，他為自己的毫無印象感到驚訝，他以為媽媽幾乎沒有盛怒或樂到忘乎所以的表情。大概國中時，他偶然瞥見因連續劇大笑的媽媽臉角擠出多餘細紋，其顯得蒼老的模樣，這種反差令他想起小時候每當說謊，溜溜盯著他的靈活大眼。這些年，唯一沒有變化太多的是眼睛仍散放令人在意，炯炯有神的清亮。

已老復病重的媽媽住在干擾頻繁的狹窄病房內，她的意志會用來忍受瑣碎無望的交談，還是肉體逐漸瓦解的痛覺？答案背後牽纏一大落，宛若蔓生植物外來種小葉蔓澤蘭。經常在廢棄物之山看見它破開假皮沙發，包圍生鏽鐵櫃，斷肢矮桌，廢墟之地絕對需要小葉蔓澤蘭。它們緩速攀上東倒西歪的家具，繁衍有道，越生越張狂，直到淹沒般覆蓋所有。他幻想，會不會媽媽的心臟、肺臟、胰臟、肝臟也將在某個時機點，擁有像是小葉蔓澤蘭的生命力，流通起健康的血液，宣洩似的沖刷血管壁，反向光復鏽爛的肉體。

捻熄幻想，其實簡泰偉連媽媽能不能在這棟病院住滿二十八天都惵懼懷疑。

媽媽患病前，簡泰偉根本不曉得生一場重病就跟被迫參加嚴苛的大地遊戲一樣，必須限時闖關。到了關口，關主有權力拒絕他，因為已經有比媽媽病得更早、更重的人，正在裡頭命懸一線。

仰賴國家醫療保險的人，能夠用最低的成本被醫療保護著，也在這保護中不得不衰弱悲慘下去。每二十八天得重新找到願意收留媽媽的下一間院所，不然可麻煩了。

對於定期遷徙的住院規則，簡泰偉十分煩躁，完全不曉得該怎麼辦，更不知如何是好的是媽媽給他用以支付醫療費的存款已見底。他絕不可能問媽媽怎麼辦，所以只能求助於打工的頭家阿俗。

「最近還有沒有什麼班可以排？」

「幹麼？你缺錢喔！又幹什麼壞事去了？」

「沒幹麼，只是想到你這家店可以撐到現在，我來幫忙多上一點班呀！」

正在包檳榔的中年瘦子阿俗給他一個白眼。簡泰偉看著他，覺得不管怎麼說，阿俗把標準的龐克造型弄得夠好看，但怪T恤配破洞皮褲很俗。

阿俗痞歸痞，手指卻很靈活，邊包邊念他：「你有時間五四三，不如這盤你來包。」

「能吃一個嗎？」簡泰偉故意問。

阿俗不理他，起身招呼來客。會來店裡光顧的不外是附近中年人，或逃家逃課習慣的國中學生。他們在不同的時間走進貼著花花綠綠隔熱貼片的網咖，通過一排藤蔓盆栽，付了錢，選老位子，坐進靠不到背的太師椅。

簡泰偉第一次來應徵就要白目，向阿俗提出要換椅子的事。

「帥哥，我是有說要錄取你喔？」菸氣瀰漫，阿俗頓了幾秒，捻熄菸蒂，看著他：「好啦，明天早上來，班表在這，自己先排好再跟我說。」阿俗交代完注意事項後，就埋首櫃檯。龐克紫髮愛理不理的樣子，跟昔日他透過聲音了解的那個人差很多，可是卻不討厭。

能夠獲得打工機會，簡泰偉慶賀僥倖的幸運。相較於自己，生了病的媽媽還是很堅強。確診那天之後安排了住院日，媽媽只是請他幫忙叫計程車，而她一人打包住院要用的物品，睡衣、內衣、襪子、拖鞋、毛巾，連同口罩、眼罩、耳塞都一起塞到塑膠袋裡，以及正在服用的藥物跟零食、雜誌。後面兩種是為了他而準備的，媽媽怕嚷著要跟去醫院的他無聊，所以提議說想看雜誌。

等待確實比想像還漫長。

寧靜美好的咖啡館，幾篇與海邊有關的旅行文，簡泰偉翻著翻著，彷彿不意獲准偷窺起那種會被女生驚呼「好幸福哪」、「好想去喔」的生活，過去他不曾試過，現在也沒心情。陪伴媽媽輪轉在眾多醫院，對簡泰偉來說是冒然闖進毫無空氣的玻璃中，於透明質地以為理所當然可以看清楚外邊的風景，卻只能在極度有限的視野裡，小心翼翼地呼吸。

治療引發的副作用，不誇張，媽媽全受過一回。症狀反覆來襲，她得忍受終日想要嘔吐的強烈欲望，以及伴隨治療帶來的食欲不振。

剛開始他會陪在一旁拍背，等待媽媽的嘔吐感消褪。只是作嘔的反應與頻率，他老是抓不準，當他神遊到別處，嘩喔——來不及的結果是白稠異味的汁液一滴也不剩地落在床單上。他不是醫生，顯然也不是好的照顧者。不過身為兒子必須故作堅強，簡泰偉已學會依序拿起布巾，先擦拭嘴角，再擦床單。

他糊塗了，媽媽究竟是被疾病還是副作用整得奄奄一息？

這樣的媽媽令他不禁想像藏在臉孔下的是另一個人。

媽媽看似完整的四肢軀幹，實際上細胞萎縮衰殘，真正的媽媽在醫院的其他地方遊蕩著，唯他所不知道的地方，這種假想連他自己都感覺恐怖。他曾腦洞大開，放在ＩＧ限時動態，像是渴望有誰看到，但又不希望被過度關注或提起。如果得如一般貼文被人反覆查看，那就會淪為擱置在過強空調下的醫院伙食，抽去色彩，冷硬乾癟，逐漸也成為對身體有毒性的藥品。

媽媽僅以嘴唇碰觸一下引不起食欲的醫院餐食，進而轉頭向簡泰偉索討他手中的鹹酥雞、刈包、魷魚羹，或是他一直不停口的零食。沾滿油脂跟化學調味的零食，他倒是猶豫半晌，不曉得該不該給媽媽吃。

「嘖，快拿來！」過中年身形圓潤的媽媽不知何時消瘦到顴骨外凸，這樣的她堅持要吃他手中那份雞排。遞給她之後，他雖然不安，卻又安慰自己：虛弱的媽媽根本吃不完，她只是想近距離聞到食物味道而已。簡泰偉這麼猜想，於是替媽媽剝撕起炸得油燙的雞排，又將撕好的肉放到媽媽嘴巴裡。從他指尖消失的雞肉，讓他反射地再塞進眼前微張的嘴巴，直到媽媽發出劇烈的咳嗽聲。

恰好負責巡看的護士發現他的舉動，馬上阻止：「你媽的病情不能吃炸的！你怎麼還餵她吃？」

護士走到床邊，把床升起些許，檢查了配備的儀器數字。

「現在看起來是沒什麼問題，可是醫師不是都交代過你了嗎？」臉蛋很正，如果在路上搞不好他會想搭訕的護士裝配著肅冷的表情，又急又銳利的指控讓他的不滿突然脹破。「好喔！」簡泰偉的回應毫不友善地截斷護士。他知道這是常識，可是，這位嬌俏可愛的護士難道就懂得他媽媽的心情？

護士緊縮雙眉，沒再說什麼，只又瞪他幾秒。

他不想替自己辯解。媽媽咳嗽聲引發的顫抖好不容易才暫停下來之後，他竟也微微懊惱起讓媽媽任意亂吃的決定。

白色護士鞋無聲離開，整個空間剩下儀器運作時發出的單音頻率。

房內罕見地沒有其他患者，他那放在紙盒攤開的食物不再燙口，襯在淺綠色系列的床單旁，浮出油膩來。

狀態平息下來，屈身假寐的媽媽一動也不動地背對著他。第一次，他覺得媽媽變得比自己還小，一瞑縮一寸，簡泰偉不得不開始搜尋照顧重症病患須知。早早選擇活在網域世界裡，簡泰偉的朋友都在網路上，或者說，這就是網路最讓人安心之處。經過查詢，關於重症照護的資訊多半建議自煮才容易配合病人的需要。然而關於媽媽喜愛的食物，簡泰偉仔細一想才發現毫無概念。

他意圖挽回自身粗疏。

對於沒煮過飯，不知如何選出新鮮蔬菜的簡泰偉，他的手指更喜歡觸摸一個個薄脆的小點心，或是剛從油鍋撈起，外皮酥脆焦褐的炸雞薯條。為了做菜給媽媽，他努力買了青綠生猛的菜葉，渾沾泥塵的地瓜，以及紅蘿蔔、瓠瓜、小黃瓜，全都擱置在砧板上。

該剁碎嗎？還是切片？

他笨拙地肢解斷開，澀然氣息瀰漫，彷彿這些蔬菜又被他殺了一次。對照網路食譜，他試著依樣畫葫蘆，到了火爐旁，跳針般的錯誤總是頻頻自相打岔。

離開廚房，盤中擺著經歷刀痕亂斬，油光淋漓的菜餚，等他嚼進胃底。

好難吃！每道都是。為了證實自己努力夠了，簡泰偉隨即打算改吃一包零食。雙手夾擊充氮包，破開包裝後衝上鼻尖的氣味讓他安心，又微微想哭。很快地，他完食一大包辣味洋芋片。

他沒告訴媽媽，他正練習為她煮一道美味的料理。

練習期過去，他依然沒做出任何像樣的菜。本來一開始他還幻想貼出挑戰成功的畫面，可是實在太醜了，什麼都不敢Po上ＩＧ。

其實他認為自己笨拙有理，這是媽媽忙於工作很少下廚的緣故。

記憶中唯一能與媽媽連繫的味道，大概是雇用媽媽的自助餐店剩菜。媽媽準備晚餐的步驟是取出便當盒內的菜餚，擺好盛盤，進微波爐加熱，再煮一道湯。暗色的蔬菜配上出油的魚和肉，在盤子上留下一圈油漬，這便是他印象中的媽媽味。

他晚自習後的宵夜時光則是媽媽到陽臺洗衣的時機，二手洗衣機運轉，充實這間頂樓鐵皮加蓋房的存在感。

偶爾媽媽想抽個菸，便躲到洗衣機旁。

當空氣注入強烈的菸草味時，簡泰偉若看了她，媽媽便很快把菸按掉，臉上若無其事。後來，他刻意表現出全然沉浸在眼前搞笑節目的樣子，專心大笑。菸氣從窗口飄進來，攀附在衣領與髮間。他沒有回頭張望也曉得媽媽間雜的白髮跟漸粗的腰圍在吸菸的動作中，變得可愛起來。

那時候的媽媽還算活力十足咧，他想。

現在為了照護，簡泰偉向學校那邊請了長假。導師特地來醫院探視，他讓她在病房外看一眼媽媽，「我沒有打算畢業。」他說。

「等一等，那你的媽媽怎麼想？」擔任助理教授，年約三十多歲的導師問。

簡泰偉聳聳肩。

綁著馬尾，較他矮上一個頭的導師，外表比他年輕。他不用照鏡子就曉得自己大上一倍的身形，皮膚黑又笑紋深，簡直中年老油條。

導師定睛看進簡泰偉，鼓舞他一切都會好轉，並在他手上疊放了各種急難救助金的申請表，「你填一填，我幫你去學校跑流程。」

他看了一下截止日，「可是，不是很多都過了時間嗎？」

「我拿錯了嗎？」導師拿回他手中的文件，顴骨紅通通地，從另一個袋子翻找出正確的那份，「總之，這份隨時都可以提出申請，你先看，有問題再問我，我要先趕去開會了。」

大學會有這麼熱心的導師啊？他看著消失在醫院盡頭，陌生而古怪的善意，覺得小小荒謬，尤其是自己已經要大四了。

難得外界有人來探病，突如的善意使他煩躁。他下樓，打算溜去便利商店待一會兒。途中，風吹過前額，一個平凡的時刻使他驀然察覺一棵開滿黃花的欒樹彬立窗外。猶如乍醒，他趕緊拿出手機為開花之樹留影，久違地發了ＩＧ限動。

直到坐在便利商店喝完咖啡，他依然愣愣看著自己拍下的意外之景，細碎的金黃聚散，使他緊縮蟄伏的細胞慢慢復甦，為擁有偷閒時光，舒了口氣。

日復一日陪媽媽做各種檢查，遵循每個指令，處理每個意外滾到面前的扭蛋，打開它，接受一個又一個很爛的任務，過程中懊喪命運胡謅成形，沒有誰保證有能力將噩運塞回殼中。

好累，這個念頭讓他意識到原來很想逃走。只是這次，他跟媽媽誰都不能逃。

待在病床旁，簡泰偉沒辦法完全躺在行軍床上，他只勉強擠在床沿，半睡半醒。白天則等待時不時得至醫院各科治療的媽媽，跟治療之後連滑手機都感到疲倦的媽媽說說話。

※

媽媽應該聽見了這幾日低氣壓來襲的新聞訊息。氣旋盤繞在南方，遲遲不散。

簡泰偉中午冒雨進醫院，向主治醫師了解最新治療方針，接著窗外開始降下滂沱大雨，幾近淹沒聽覺。

媽媽忍住疼痛，問道：「颱風要來了嗎？」

「之前聽說穿心颱都跑到日本去了，這次只是低氣壓而已。」簡泰偉幫忙升起床鋪，讓媽媽舒服些。

「家裡不知道會不會淹水。」媽媽憂慮道。

本來想直接回答不可能，不過這股雨勢似乎不想停歇。他往下一看，發現醫院的中庭已經淹水了。

滑進Dcard跟爆料公社，陸續有人貼出居家附近的路面災況——漫淹而起的濁暗黃綠壯大而殘酷地吞吃掉地面的黃白線標誌、花盆、車輪。不曉得從何起始，每逢颱風動不動全區淹水。簡泰偉習慣的烈日和宛如蒸融的柏油路面，閃動在記憶夾層裡。現在他必須預測一下等一會兒回家的路。

「這樣喔……」媽媽嘟囔，「你今天睡在醫院好了。」這提議讓他有點為難，他得回網咖值夜班。正當的打工也沒什麼不可說的，但瞧她半個身軀已藺居於他所無法理解的領域，向這樣的媽媽解釋得再詳細都讓人興起一種無力感。

窗外狂風驟雨，他居然寧可逃向充滿暴虐的自然天候裡去。

媽媽大概知道他的心思，便不多說。

簡泰偉的沉默習性是童年時一人在家的時光，讓他適應並養成的。

為了打破沉默，他攤開剛才在門口買的報紙，開始一則一則轉述：豪雨特報，搶劫，群架鬥毆。要不是這場大雨引致，他不會主動念這麼多新聞來殺時間，也不曉得原來有負面新聞標題不停拉沉他的心情。直到他翻到特別的一欄，一九二二年，臺北市一間動物園曾發生過一則逃脫新聞，一隻從汙水排水孔溜去隔壁欄舍的蟒蛇，讓園區工作人員苦苦尋找。發現時，牠已吞吃了紅毛猩猩。這件奇事讓蟒蛇一度成為園區的動物明星，不少人爭相參觀。可惜九個月後，蟒蛇死了。根據解剖分析是暴食引起。

低聲念誦這則，他抬眼覷見皺著眉的媽媽閉上雙眼，看似沉睡。

以後應該多找幾篇這類型的趣聞。最近，他的腦海曾有過的記憶殘片逐漸聚攏，在神祕的夢境裡組合為一只太空包，鼓脹著；經手一捏，就迸裂噴出，撒滿一地。掉落地面的餅乾碎片沾滿灰塵，都不能吃了。夢中的他看著遺憾，只好轉身拿起掃把，將滿地的碎屑掃淨。媽媽呢，她會不會跟他一般，惋惜著回收記憶呢？這陣子媽媽除了提他的童年，也央他從她臥室翻找出相簿（媽媽記憶多少有誤，讓他找了很久），邊角有些泛黃的照片擺在鐵盒內，他幫媽媽一一拿出，曝晒於視線前。

「有這張照片？」他拿在手裡，越看越覺得陌生。

「你小學三年級運動會的時候，我特地請假趕去幫你拍照耶！」媽媽答。

幾個月後，父親在簡泰偉小學三年級的冬天過世，出航時最忌憚的淹死。船上其他船員撈起父親，救護車路上，已悄然熄滅呼息。

那日，媽媽在計程車裡等他，簡泰偉一眼都不敢看媽媽。下了車，媽媽拉著他直往前方跑。背著書包的身體，壓根沒想到要衝刺，差點跌倒。他狼狽又驚惶地迅速撐起上身，跟在整個人歪斜踉蹌的媽媽身後，來到急診室。這時，他已經知道是怎麼一回事了。

整個房間剩下他與媽媽，其餘空白。弓起身體的媽媽，不知聽了醫師什麼話，哭聲先是尖銳觸刺，再縮為滿臉無聲而狂暴的眼淚。簡泰偉湊近，手搭上媽媽肩膀想安慰，但竄出的寒意使他忽而冷顫一瞬，如同觸電。他緩緩轉而握住父親的手，蹲跪下來。泡水的臉龐失去了人的氣息，父親僵直冷硬，看著陌生。而感受到這分非人冰冷後，活著的人又會如何？他從父親身上得到奇怪而彆扭的遺產。

假如一個人不飲水，不吃東西，一動也不動地躺著，那就跟死了是一樣的吧？父親過世後曾有幾個星期，媽媽就是如此，變得無力而癟寂。相較來說，小學三年級照片中仍是瘦長的簡泰偉，自此每張照片的他都以倍速膨脹，不斷側漏。鏡子裡的身影撐開制服的寬度，在來不及做什麼補救前，他就變成了另外一個人。至於媽媽，慢慢恢復了生活狀態，回到本來的樣子了。
胖胖。同班同學笑他。
簡泰偉當然知道自己跟過去很不同。可是，媽媽沒有罵過他，只是在他膨脹到塞不進衣褲的極限時，提議說下了工要去夜市逛逛。媽媽逛夜市的方式卻一點都不愜意，而是加速經過烤魷魚、鹹水雞、牛排攤子，停也不停，只一再說，就快到了！
拖著閒散腳步的他，跟在邁步如同上寬下窄逗點的媽媽身後，其疲憊而堅硬速行的側影，好像是要趕赴收攤的市集。但夜市明明才剛開始啊！
抵達媽媽所說的目的地，夜市盡頭那帆布棚下的鐵架直掛橫掛的上衣和褲子，在昏黃燈光下看起來並不新，其餘則似破布批發。面對成堆衣服，媽媽耐心翻找，催他自己去挑喜歡的衣服。
最後的結果是他們都各自買了介於滿意與勉強接受之間的新衣。
印得不夠清晰的黑色格子紋襯衫，更寬的牛仔褲頭。簡泰偉買的尺碼成為他下次發胖的依據。在寬大衣服掩護下，他覺得相當安全。那是他的庇護所。

目前的風雨也彷成他們母子倆的庇護所。雨水甩頭撇尾，橫向擊打修剪過的行道樹，凡裸露在外，暴露於大雨中的均遭削弱，路上的車龜速在熄火邊緣滑行，他站在窗口，發現幾乎一個行人也不剩了。灰鼠髒色瀰漫天際，從醫院遠眺附近，那非洗滌而是猛暴無情的摧毀。與此相比，醫院內部如此寧靜。

他重新想了想媽媽要他睡在身旁一晚的提議，打算傳個 Line 向阿俗確認，搞不好阿俗根本沒開店。訊息送出，阿俗沒回。簡泰偉心忖，這麼大的雨，不知會持續到何時？

※

過去幾年，數個強勢登陸的颱風輾掃了山區，光看新聞畫面，便能感受大水壓境的迅速跟無可挽回。那時的他還在國中就讀，得知隔天是颱風假的晚上，立刻約了朋友上線，深夜對戰。對戰結束，他倒頭就睡。這一覺睡得很沉，直到被雨水撲打鐵皮屋頂的激烈聲響驚醒。簡泰偉發現晒衣的空地噴進不少雨水，形成淤積。家中不見母親身影，於是他撐著傘，走下樓。環顧一看，整排屋子都生根在黃滾滾的水域中。

這是災難。簡泰偉第一次浮現悚然之感，可是又是這麼的新鮮！他拿起手機錄下這一幕，上傳之後，加註一行「這真的太扯了」，很快地有人點讚，其他順著電子訊號接受到災難慘況的人，如同螞蟻聞蜜，一個一個，一批一批趨近。

在水位逐漸上漲的過程裡，簡泰偉想了幾秒，回到房間拿出值錢物品，打了一一九，便又匆匆回到原處。

等他拍攝橡皮艇預備救援的畫面時，他才想到其實應該先打電話問一下媽媽的安危。不過，來不及聯繫，他就依照指示與其他獲救者一同搭上溼滑的小艇。

在艇上的前進如此緩慢，坐在艇中，離自身所在的水面無浪，只是天空的洞還未補上，並隨著毫不歇止的落雨，累積上漲。

救難人員把他放在能步行的半途，他一路開著錄影功能，直到看到山丘上的體育館。門口穿梭的人潮和運送而來的物資，讓他安下了心。

豈料一轉頭，他的手機被人拍落。他撿起手機，正想理論時，一雙如小鹿圓滾滾雙眼的女孩瞪著他：「你錄什麼？沒看到現在大家都在幫忙嗎？」

欸，妳誰啊，要妳管？本來的忿意完全被她溼潤臉龐中渾黑雙瞳折射的光暈給震開了。他放下手機，說了對不起。

「包包放裡面，靠牆那一區。小心不要踩進鋪睡袋的那塊地板。」女孩簡單指揮後，隨即投入物資的搬運。

簡泰偉進了體育場，他環顧四周，殘褪字跡跟鏽痕顯示這是極其寒酸的避難所，用以臨時擔任接收的任務，鼻端也因霉味而猛打了好幾個噴嚏。他的噴嚏聲天生跟其他人不同，長長昂揚的尾音讓他自己都難為情。或許是這樣，很快地媽媽就發現了他，在睡袋那一區搖著手呼喚他：「阿泰！這裡這裡！」

媽媽向他說起工作地方的淹水情況如何嚴重，如何令她動彈不得，幸而她比其他人好運，很快就等到橡皮艇。

媽媽持續絮絮叨叨，不過他的耳內早已汰換乾淨，轉而關注方才驚鴻一瞥的女孩。

此際女孩扛起一箱瓶裝水，而他伸手過去接，反倒嚇了女孩一跳。

「你在幹麼？」女孩沒好氣地彎腰再搬一箱，「工作還很多，你應該去幫忙鋪睡袋。」她說得沒錯，天色逐漸暗下來，但雨勢幾乎沒有稍微削弱的可能，看來得在此過夜了。簡泰偉回以毫不相干的答覆：「這次真的很誇張，我家那邊住頂樓，居然陽臺都被水倒灌進來了。」

「我家住林邊，從小淹到大，習慣了。」

這時，媽媽的聲音在身後響起：「阿泰，這你朋友喔？他們剛才在發包子，你們要一個嗎？」女孩笑咪咪地回答：「好，謝謝伯母。」悅耳的聲音跟方才完全不同，他懷疑根本是兩個人。算了！女孩都是這樣的。

宛如細心研磨過的臉的形狀，薄透有骨。這麼小的臉一旦被誰注視，那人都會感覺到雙眸穿透自身的震顫，一如走在豔陽河畔時，不經意讓瀲灩水光刺中的感受。女孩接過包子，小口小口咬住，再吞進喉嚨。她像是留意到他的目光，以為是自己吃了太多而赧然：「拿著吧！」簡泰偉學著女孩，吃得很慢很慢，在極度潮溼的天候中，肉包與他都因充滿生命力的眼波而鮮活。耐心守候這感受，彷彿並肩坐在巧拼上的時光就永遠不會遭遇打擾，變得如他所願。

當下他所不知道的是，日後每逢大雨，腦海都會浮現這女孩的雙眼。

萍水相逢的那天，簡泰偉不時捏緊口袋中的手機想邀請互加ＩＧ。但一個猶豫，媽媽就又把他喚去做別的事。他臭著臉，覺得媽媽不會看臉色。但門口斷續湧進避災的人，狼狽而且眼神低落，眼前穿梭分送善心人士送來的毛毯、熱食，不停轉著走著的媽媽……，他嘆口氣，跟著忙碌。這麼一日下來，別說是玩手機，連坐下來的機會都太珍貴了。

體育館內的走動與交談幾乎二十四小時持續進行，有些疲倦至極的人，用毛巾蓋住臉，一動不動地躺臥；有些人在夜半爬起來交談，數度吵醒了他。不論醒睡，他有一種彷彿大雨正在保護他們的錯覺。

時間感在此地失常，他簡直忘了例行的上課和即將到來的月考，而不須工作的媽媽睡得特別沉，打呼聲特別大。

莫測風雲的來襲或遠去，他一點都不在乎。

紗窗外大批蕨類與攀藤植物傾頹，沒入水窪，再遠則是黃雨湖泊。盯著大水滾滾，他產生面向大海的錯覺。聽說，一個人一輩子都要跟喜歡的女生去看海。這是女生緣超好，暱稱王子的同班同學跟他說的。簡泰偉也希望是這樣，可是除了一開始，這幾天他跟女孩幾乎沒什麼機會相處，他們各自位在睡袋田的數畝之外，沒有遠山，而想要湊近點，沿途群聚的大媽就開始向他聊起天來。

女孩和他之間的氣氛持續停留在簡單而單一的問候，反覆兜轉。

大水澈底退去的那天終於到來，他們才從體育館一一走出。媽媽看起來神清氣爽，而簡泰偉四下搜尋那位女孩，如他所想，女孩蹤跡全無。

「那個女生咧？」媽媽身上的汗臭味傳來，他訝異媽媽會問。懷著近乎被冒犯的心情，他稍微別過頭去，回答：「不知道。」媽媽的神情夾雜一抹說不上來的情緒，拿起簡單的行李，轉身逕自向前走去。他落在後頭，整條路上泥濘潮溼，退了水的柏油路上沖落不少物品，布偶、茶壺、衣架、斷開的椅腳。他看著媽媽拉長的身影跨過一個又一個障礙物，動作輕緩無聲。四周全是同樣走路回家的人，簡泰偉在空氣中感覺到才剛鬆口氣卻又遺憾消氣得澈底的矛盾感。

那次，他們花了好幾日還原被水災打亂的日常生活，擺正盆栽，掃淨狼藉一片的地面，去除沙塵泥土。差事苦悶，簡泰偉竟卻樂在其中，因為他的腦海裡模擬著與女孩的對話。

他的第一個女生朋友，很稀奇，很罕有。

大雨壓境的天空仍不算清澄，近晚的時間，風掃尾般地吹。「我跟你爸是在海邊認識的。」大劫剛過，跟他一起收拾房子狼藉的母親侃侃道出：「我那次是剛好到表姊家幫忙撈海菜，撈得滿滿一籮筐背在側肩，走不穩。結果過馬路的時候，就被你爸的腳踏車撞上了。」聽在簡泰偉耳中，他忍不住笑出來，出於不知所措的彆扭。

像是暗示這故事很長，媽媽給自己倒了杯茶，說起工廠廠長、富商朋友的大陣仗追求。簡泰偉靜靜聽著這一切，心中的惋惜跟焦躁稍稍遠去。媽媽說的故事與她的髮絲一起亂揚，結婚照是與父親一塊兒收納在相簿第一頁，合身的白衣加上輕如蝶影的頭紗，微笑拿著花的媽媽看起來像父親身旁的一株蘭。相簿的下一頁是年輕父親抱著渾身包裹小被子的自己，站在涼亭旁，四周的松樹安靜昂揚。父親的臉與自己，曾在時光的某個時刻重疊，那張相片中，他們長得好像。

※

「這是哪裡啊？」簡泰偉問。病了的媽媽聽力似乎也退化了，時不時他得耐住性子反覆問上多次，媽媽才像是通上電流般聽懂他想問的。

對於講古，媽媽興致高昂，卻也會因病急轉直下，多說幾句話就忽而喘息。就算是媽媽自己想多說些，簡泰偉後續也不忍多問，盡量依照醫師叮嚀，幫忙輕輕拍背。

近日醫師向他提起的還有不太樂觀的數據。半夜當他從行軍床上甦醒，起身上完廁所後，窄小床鋪上平躺的媽媽身影益發像極蒸去水分的深色果實，膚色蠟黃凝結不動，有幾個瞬間讓他以為靈魂已經離開房間，在他所不知道的地方遊蕩。這樣的母親這陣子向他說起過去的樣子讓他害怕，又經常不顧虛弱，說要寫下來。當他勸阻時，媽媽反而顯得無比耐心，很堅定指著照片裡的稚嫩男孩，嘴中再說一個故事。

白天則不同，她會揮手讓他去做自己的事。「你以後要繼續讀書，」她說得很確定，「我自己在醫院就好。」媽媽趕他去讀書的語氣像是她不會再親眼看見了。

可是，學校對他來說，就不是一個值得久留的地方。

跟學校相關的記憶緩速而大量地上升，簡泰偉為了拯救自身免於滅頂，從小學開始，餅乾、軟糖成為他的安心藥，無意識放進口腔咀嚼，腦袋就越能獲得輕飄飄的感覺。但是，慢慢地，撕開一個太空包的當刻，教室就會有人跑來伸手拿免費的，或惹來細微的噓聲，又在吃了，都這麼胖了，好噁心！

甩甩頭，簡泰偉小心避開管線，握住媽媽的手。一天二十四小時，環繞全身的管線與媽媽同在，病床周遭，以及更多病室也都縈繞著為了活下去而竭力呼吸的咻——咻——聲響。任何一個角落，院內消毒藥劑的氣味使人幻覺無菌潔淨，但往往太過刻意的努力都暗藏人的無能。

近晚的新聞快報中，颱風帶來的水災已經到了必須出動國軍的地步。

他興昇一切再度沒入汪洋的預感。

※

他想起母親翻出的老照片和他記下的。

長年在遠洋漁船上工作的父親那次免於祝融之劫，而自從媽媽奇蹟般救出他後，爸媽便打定主意遠離惡火吞毀的租屋處，轉而搬到另一個附近有市場的老社區。

由於家當差不多付之一炬，搬家的過程比想像中簡單。

媽媽拿著一箱極其簡單的日常用品，就帶著他到新家。家在頂樓，媽媽讓簡泰偉先走，她在後頭扛著紙箱，簡泰偉背著屬於自己的行李，上氣不接下氣，毫不間斷地往上攀爬，頂樓比想像中還要遠。抵達後，映入眼簾的建物內外跟其他樓層的都不太一樣，他忍不住失望地喊：「好醜！」綠色波浪鐵皮屋頂半面褪色，不鏽鋼門上沾黏濛濛灰垢。媽媽轉動鑰匙開了門，撲面而來的躁濁熱氣讓他一點都不想進去。媽媽說：「以後這就是我們的家了。」她開了窗，「這幾箱是你爸買的家具，我們一起拆開好不好？」

拆箱比起整理有趣得多，擦洗整理過後的房間，勉強還行。

「阿泰，洗完手，我們去吃飯。」像是洞悉他的內心小劇場，媽媽帶著他去牛排館吃牛排、花枝和雞腿，還各點了一份冰淇淋。飽餐一頓，媽媽牽著他返家的途中，沿路所見舊屋間雜掛著價目表招牌，在白得發紫的燈光下，一概蒼白。那一夜的路上不知為什麼只有媽媽跟他的影子，在黯淡月色掩護下，行進，抽長。

搬到新家的生活沒有太多改變，爸爸依然在船上工作，而且回來的時間依然很短。三年返家一次的父親對於簡泰偉來說，幾乎不會改變他一人在家的作息。不過，燒毀的玩偶雖然回不來，幸而媽媽又準備了新玩具陪伴他。不過，這一次玩具帶來的新鮮感很快消失。即將升小學一年級的暑假，時間留他在原地，汗水遲遲留在後頸不肯流下，而壁面時鐘只挪動了一格。密閉的頂樓黏著他的意識，讓他逐漸難以忍受獨自一人的日子。

因此，簡泰偉等到終於可以上小學的前夕，內心沸湧起有如翅膀鼓動的感受。下課鐘一響，他全都想好了，他要先跑到球場上占位，誰跟他打招呼，就能一起玩！他預期自己很快將會有新朋友，因為他是第一個衝到場上的。

比他略晚抵達的同學見到他，卻沒如他所想，反而質問他憑什麼一個人占一個籃框？

「我沒有。」

「我沒有。」其中一人模仿他，其餘哈哈大笑。

「走開啦，明明就有，還裝！」身形魁梧的風紀股長擠向他。

簡泰偉沒想到這一招，險些跌倒，他鎮定穩住後，才用力看了他們一眼，「哼」地把球放在指尖上旋轉，邊轉邊撤離球場。

為了平復情緒，他盡可能專心地轉球，但轉啊轉的，一不留神，球從指尖蹦出去，他追球跑了兩三步，站到榕樹樹蔭處。往回看，整面操場上耀眼的光束被搶著球的人影晃動。三對三鬥牛，兩邊都各自失誤失分。如果他是其中一員，那就可以搶籃板了。

這個願望很簡單，簡單到未曾實現。

除了籃球，班上另一半人熱愛躲避球，而他到小學二年級結束，不管哪個球場都沒邀請他。他想知道自己有什麼不對勁，為什麼沒人想要跟他一起玩？

某天，一臺二手電腦螢幕和主機被媽媽沉沉地抱進家裡。

「這什麼？」

「媽媽朋友送的，裝看看。」

母子倆忙碌一晚，為了在狹小房間擺放電腦，房間內的家俱也重新調整過。隔著衣櫥和小櫃子，電腦開機後微弱的運作聲響，閃起藍光的螢幕有如一頭陡然被喚醒的獸。他有預感，這頭獸會比玩具來得更稱職。

透過學校資訊課程，他學會安撫一頭機械獸需要耗上耐心。於是，獨自面對這臺老電腦，簡泰偉摸索著，撐開手指在生硬難敲的老舊鍵盤上確定位置，試圖拼湊注音，串接為字，遲疑的姿勢費力又滑稽。幸好無須太久，成功使用網頁搜尋引擎讓他成就感大增。除此，他也跟著申請了（如今完全不用的）臉書帳號。成功後，他上傳一張照片，那是常在校園周遭徘徊的斷尾貓，全身髒兮兮，獨來獨往，只有他餵過。開始向他撒嬌的貓，現在成為他的大頭貼。很快地，陌生人的交友邀請來了。他點開大頭貼，進入陌生個人頁面中的人生。不管是身材辣翻天的美女帥哥站在懸崖眺望夕陽，仰看極光，或是在滾滾沙漠中晒太陽，只要他按下同意，就是朋友。瀏覽朋友們好笑的影片，玩個小遊戲就度過一整日了。

熟稔網路世界後，圓滾滾的他找到地方躲貓貓，讓他暫時忘卻現實中的學校生活。而下班後一身疲倦的媽媽，也養成新嗜好：追劇。基於家中只有一臺電腦，一起看電視劇成了他跟媽媽共有的休閒活動。有時，他知道媽媽閉上眼睛睡著了，可他沒有馬上關掉螢幕，仍盯著光束構成的畫面，繼續沉浸在他人的故事中。

小學畢業，導師給簡泰偉的評語是：稍欠積極，安靜合群。

上了國中的簡泰偉，本想安靜活在網域連結，卻遇見對他很有意見的導師，老是在早自修的時候把他叫過去，挑他制服不整，生活習慣不佳的毛病。從小安靜退卻的性格，慢慢有了轉變，深埋體內的噴發欲望蠢蠢欲動。班導訓斥時，簡泰偉眼睛會放低無神，讓呶呶不休的醜老頭退位，而曾浮在腦海頂層的畫面和訊息如水流漫過，成為抵擋的介質，像是他正坐在電腦前，開了一個又一個視窗，蓋過最初不小心按入的廣告垃圾訊息。那些廣告中的商品，沒有一件他會買單，只會抓他說教的醜老頭，同樣也沒有值得讓他記得的細節。

接收導師不懷好意的訓導後，照樣，他獨自騎腳踏車返家。與國小徒步回家的悠閒輕鬆不同，跨上單車的他為的是要紓解手腳的微微痠痛和黏附在身上的雞巴幹話。

這是轉骨藥啦神經，拿來。

哈哈哈是壯陽齁！

他在學校聽過同學互相調侃，才曉得原來不只他有身高困擾。懶得去搶球場的他，決定靠著騎單車來解決煩惱；為了運動效果而繞遠路，簡泰偉開始以單車的速度察覺到這個城市的新興規劃區，大樓格格分明，好似一片片未調味，等待燈火著色的威化餅。威化餅不停地複製出品，反光高聳的玻璃帷幕之森，成為他腦中訝異的新風景。

有這麼多空間跟公司，但上個月底媽媽卻突然遭到解雇，公司的理由是產業轉型需求，必須精簡人事。

連國中生都知道「是在豪洨」，簡泰偉不屑地想。明顯是被十年來服務的清潔公司背叛麼！

幸而沒過多久，某間自助餐店因欠缺人手，媽媽又有了上班的去處。

自頂樓加蓋小間的住處到自助餐店上班，需要通過鐵路附近一座橋下坑洞。洞穴幽暗而閉鎖，滿布青苔和爬藤。媽媽踩著中古淑女車與其他過路人陸續不停地擦身而過，唯恐逗留太久，一不小心就會被幽深的不明物質纏上。通過荒僻處，行經占據道路兩側架搭帆布棚子的早市。媽媽通常會選擇在此把生鏽了的代步工具擠進禁止停車標誌和摩托車間，然後才進廚房幫忙揀菜與洗菜。

蹲坐在橘紅色大盆前反覆搓洗菜葉，媽媽伸長胳臂，撈住漂浮的蔬菜，一概往下一個鋼盆扔去。盆子又大又多，媽媽身型太嬌小，所以像是努力地去接住每一道過遠的球，每個動作都吃力無比。偶爾騎腳踏車路過的簡泰偉未敢稍停，雙腳益發死命踩踏。豔傷的日頭照在他的制服領口上，簡泰偉感覺汗水不住往圓滑的肚子滴下，他謹慎著不讓勞碌的母親認出渾身肉顫顫抖動的兒子，即便書包內還是偷藏了容易發胖的零食。

這樣的他，不論上學或放學，一路上都不曾有人跟他說聲「嗨」。

三年騎車的結果，沒有如預想練就好身材。出門前簡泰偉抬頭看鏡子，對著青春痘不滿地貼上痘痘貼，掛上耳機，跨上單車，忍耐肚圈有肉騎車的尷尬感。

出乎導師預料，他升上第二志願高中。畢業典禮當日臺上頒獎，他藉故不出席。獎狀獎品後來還是被寄來家中，他自拍上傳，心底想像導師反應，實在感到痛快。另一個微弱的理由，或許照片會幫他找到在體育館避難時遇見的女孩。

升上高中，對簡泰偉來說沒有太大改變，母親在自助餐店成為老手並看起來會持續被雇用下去。至於他，更換了騎車方向，並額外習慣騎車聆聽廣播節目。早上六點廣播節目主持人阿俗，空中獨自喇賽功力一流，內容全是全臺各地的軼聞傳說和都市怪談，阿俗在空中說得繪聲繪影，讓大白天騎車的簡泰偉也聽得入迷起來。談鬼說妖的事，竟然不在半夜，而是上班族跟學生準備動身的時機，這種怪也讓他覺得聽著這節目的自己很特別。其中，鬼屋系列他必聽鎖定，曾經也想打電話到電臺，問能不能參加試膽大會。

龜毛又懶散如他還沒打過電話，突然有一日，阿俗就宣布不再主持節目了。

那一天，阿俗向空中聽眾表示，「好的啦唷，向支持我的朋友們說聲再會。我要出海去囉，嗯……說來話長，你們都知道的，有機會我們還會相遇。嗯，當你散步在高雄某個碼頭時，如果聽到這麼有磁性的聲音，記得跟我相認喔！」阿俗說完這段，放送一首簡泰偉沒聽過的英文歌，阿俗特別解釋，這是現在已經消失的國外地下樂團。阿俗在歌詞中，隱約晃蕩捕撈到 Sea 之類的單字，然而對於整首歌曲究竟在唱什麼，他沒有概念。

煞住車，簡泰偉把車轉向其他方位，朝著濱海方位前進。沿路以車開路，滑過長而緩的下坡，拋開上學遲到的顧慮，他來到港口。船隻、機具、人，所有勞動都在發生，港口的時間比他料想的更匆忙縝密。他隨意擱放腳踏車，坐在渡輪公司旁的階梯上。那次簡泰偉索性用一上午的時光，盯著在漁船周遭工作的人，他們皮膚一概黝黑，身形瘦削，戴著普通鴨舌帽，穿著吊嘎就在甲板上工作。好幾張臉孔並不是臺灣人，而是東南亞籍。這麼細看，他才發現他們是港邊的多數。他拿出事先準備好的涼飲和零食，唦地扯開，突然間留意站在船上的東南亞籍漁工向他揮手，他下意識揮了揮，在他們臉上見到咧開的笑。

在小學時離世的父親，應該在不能同在的時間和空間裡，同樣感受海邊陽光，忍受皮膚灼痛，偶爾跟海邊的陌生人會心交好。

出海能夠賺飽錢，這就是父親出海的最主要原因，而還年幼的他，每見一回，只印象父親被海上日頭烤到發亮的皮膚，好黑好黑。父親的身上傳來的氣味，跟普通他聞到的大人不太一樣，而近似整船的魚啊海鮮的。那因為和家人長久不見的雙眼透出的尷尬有著濃重鹹味，小小簡泰偉似乎能感覺到父親的身體逐步而穩定地反向運作——為了適應險惡的海，廣大無邊的海，在適當而無人注意的時機下，父親吐出泡沫，皮膚形成一種軟又堅硬的薄殼，使他能抵禦鹽分，而一旦習慣大海更勝陸地，父親會擁有一副鰓，一對鰭……。小時的他曾經在美勞課堂用彩色紙片拼貼他心中的父親，這幅畫讓小學老師當著全班的面稱讚，他忘了究竟說了哪些讚美，但老師確確實實地將它掛在班級布告欄，要其他同學觀摩。簡泰偉第一次也沒想到是最後一次收到的老師好評，令其他同學在那一陣子，反常地問他要不要一起去福利社？

原來在這麼鳥的小學生涯裡，還有這件事喔？簡泰偉為令人錯愕的時間點笑了。

這幅作品後來在工廠大火波及的災禍中燒毀。他原已忘得一乾二淨，這日因為阿俗退隱的消息，意外吹到海風，擠壓平扁的記憶才又像拋進海中的魚鉤，勾出他應該牢記的事。不過，勾起，存放，順道加強保固一下的記憶，簡泰偉沒把握這就是全部。當年他不知道該怎麼問，彷彿他跟媽媽只要假裝遊戲還沒結束，持續投入扮演，爸爸就不會澈底消失，而他的故事還繼續下去。

直到長成能自己決定要不要翹課的少年，阿俗的嶄新人生規劃才能成為拉開引信的線索。

——他承認自己可能從未真正了解父親。

而不清楚是不是真的就此出海的阿俗，對比因船難意外身亡的父親，後者沉入永無止盡的時間內，永遠。簡泰偉不會再有一絲機會認識父親。

突然好想跳下去游泳啊。

這個念頭閃過簡泰偉腦海，鼻腔在想像中滿溢鏽蝕而生猛的氣息，水面下，無盡生物依海而存，包含所有不幸在海中喪生的萬千種匯集，其中有一具肉體是屬於生前的父親，其捐捨至海洋最神祕的核心，被魚的肚腹分解，化為水的一部分，從他倚坐的陸地下方緩緩流過。

※

考上大學，搬離老家的簡泰偉，一開始還有點擔心獨自住在頂樓，自行賺錢、生活的母親。不過，自從他開始忙著找打工機會好支應自己的學費與生活費之後，簡泰偉忘卻無謂憂煩，得到一種近似童年般隔離但自由的生活模式。尤其在瀏覽一整日打工版後，他看到「阿俗」兩個字。打電話去，出運了！手機那方正在講電話的就是曾經填充簡泰偉高中生活的聲音主人。

懷著滿腔期待，簡泰偉進入過去屬於幻夢那端的世界，他伸手握住的，是曾放送他最愛歌曲，又曾朗讀來信的主持人。

偶像與粉絲的見面會，完全沒有美化的餘地。

簡泰偉推開貼滿抗議訴求貼紙的玻璃門，門後就是阿俗用來告別的大海。沒有真正的海，撲面嗆鼻的是一抹奇異而不屬於人世的氣味。阿俗比他想像得還老，身上酷的是頭髮和衣著，活像是個漫畫中典型的叛逆人物。

本想告訴阿俗他是粉絲，終究沒有說。

第一次沒機會說，當炫彩光度和太師椅混雜的詭異場面就在眼前，簡泰偉唯一能做的就是滾進櫃檯小空間，好好做著店裡所有雜事。

騎回住處時，簡泰偉總能見到一排鴿子開展羽翼，舞劃出歸巢的訊息。他也是歸巢人，爬鐵欄杆上床，或待在床下方的個人獨立書桌旁，戴著耳機，停滯在眩光的電腦螢幕前。

待在虛擬世界時間越長，在現實世界的重量越輕。

「你要不要來健身，包堂優惠券買一送一耶。」阿俗曾問他，那陣子不少人開始勤跑健身房瘋健身，大型連鎖健身世界開幕，首波特惠讓阿俗眼睛發亮。

咀嚼嘴邊串燒正起勁的簡泰偉撇嘴，「好貴。」言畢，又拿了一杯可樂灌下。

「你——我看你應該是怕瘦不下來，擔心白花錢。」阿俗的語調讓簡泰偉知道他準備開始喇賽了。「欸，我看報導說，有一種肥叫做壓力肥，心情越不好，壓力越大，越想吃東西。吃下去的更容易囤積為脂肪，你想，這樣是不是就等於替整個人穿上一層油油的保護膜？」語帶調侃的問句，簡泰偉知道沒有惡意。

微波食物、冰淇淋、炸物、剉冰、冷熱衝突，辣甜交替吞下肚，直到口袋中錢都掏光，食物一次解決清空的那刻，他感受全身充實盈滿，幸福得動也不想動，並且握有了垂放在現實世界，漸漸可以穩固下來的籌碼。不過，自從他負責看顧媽媽，這段期間為了時時警覺，不知不覺戒除宵夜，繳械籌碼。口腹之欲漸消，在阿俗口中是「好像瘦了一點」。簡泰偉聳聳肩，縱使高興他也盡量不表現出服膺認同。

瘦子啊……現在反倒慢慢朝這個社會喜歡的樣子靠近了。

「欸，少年仔，拜託咧，來共我鬥相共。」對面床罹患胃潰瘍的阿伯叫他，那身形瘦得完全不似剛開始住院的樣態。他調整阿伯的床，讓他舒服些。

「你說，這雨要下到什麼時候啊，嗯？」旁邊一名中年太太問。她差不多可以出院了，整個人看來精神不錯。簡泰偉把臉貼緊玻璃窗：「不知道。聽氣象播報說，氣壓已經慢慢朝北移動了，可能再晚一點吧？」

病房內的病患們語氣開始變得有些迫切擔憂。其實沒有一張病床會被淹沒，不過房內氣氛讓簡泰偉想起每當父親預計的歸航日到來，提前聚集起來的媽媽們牽著孩子的手，垂老如寂滅燭火的阿嬤們早站在廟前，拿著香向神明默禱，幼年的他記得可清楚了，不知誰灼傷了他的後頸。除了人的聚集，海風亦在近岸趁機轉上陸地繞一繞廟埕，宛如獸聲低吟。人們坐在廟埕嗑瓜子，數算著時辰到來，眉頭不時懸得高聳。先是乖乖等待的簡泰偉，之後跟其他小孩一樣無聊至極，玩起捉迷藏或木頭人直到耍賴趴睡，這種時候，他都還聽得見大人們壓低音量，催眠般的交談聲時遠時近。

聽說……

「聽說那個往山上部落的馬路被沖到剩一半捏。」

「真的喔？」

「新聞有報，你沒看喔？」

「這麼嚴重？市政府有說要撤離嗎？」

相近的對話，讓簡泰偉恍然想起一件不太相干的事。滑開手機，總算看到阿俗回訊，「免來啦，雨下這麼大。除非你想要上新聞 XD」

簡泰偉忍住沒跟阿俗說，現在他們都用 wwww 了。

※

半醒的母親發出微弱聲音，說她想吃蘋果，簡泰偉才發現自己竟靠著窗邊睡著了。不知何時過了晚餐時間，代表雨勢強烈襲擊了一整天，炸疼耳膜的聲響持續到某個程度，反倒使人能變相退入劃分內心雜音的空間內，在之中，自身的沉澱物才慢慢歸位、得以辨識。

順著蘋果紋理，他繞一圈，皮褪得一乾二淨。遞給母親前，他又拿了盤子，將蘋果切片。指尖傳到手腕的斷開聲，讓他想起小時候媽媽下班回家見到的兒子是熱衷玩布偶的小可愛，她所不曉得的是兒子老早轉開好幾次瓦斯，在藍色火苗的搖曳中，得到一道奇異危險的生命力。簡泰偉瞪大雙眼，為竟然能扭出火苗而驚訝，這以致他就算不曉得怎麼煮東西也想反覆扭開瓦斯，一人蹲低支頭，感受臉龐被跳躍的藍紫色隔空溫熱。

因為這個小祕密，長久以來他都以為是自己害房子燒光。

災難那一天的回憶不請自來，每次都令他熱到直接穿過夢境，驚醒過來。雖不清楚發生什麼事，直覺的恐慌卻馬上充滿全身，每多一秒，空氣就更離他遠去，眼睛鼻子全都嗆出淚來。

是媽媽！媽媽！

媽媽不知何時發現了他，正拚命叫著他的名字，他回應得微弱，可是媽媽馬上發現，並在他的臉上貼了溼毛巾。

意識模糊間，感覺媽媽背起他，同時被另一雙厚實的手拯救了。

直至多年後，偶然發現的網路新聞指出，當年一名不滿公司解雇的員工縱火，火勢在員工上午進廠房後越燒越烈，終於釀成房子全毀的悲劇。簡泰偉深吸口氣，試圖從歉疚走出。只是，烈焰張口吞掉空氣，自身存在宛如在煙霧之中被擦掉的感受，讓他手滑了半秒，削皮刀刮傷了他的指緣。

他撇開視線，不理會這道傷口。

「媽，蘋果在這。」他遞出，媽媽已沉沉入睡。他啞然而笑，默默把蘋果放進嘴裡，咬了一口。沒有浸泡鹽水的蘋果很快就會發黃，現出不新鮮的虛幻訊號。他用舌尖抵著果肉，換取甜味。

很快只剩下果核的蘋果被扔到塑膠袋內，雨水跟火的夢包圍著他，眼皮再次因疲倦關闔。

※

手機震動聲不斷，驚醒簡泰偉。他趕緊手腳並用，由某個全然封閉的地方爬出，才意識到自己仍在行軍床上，扭曲睡姿讓雙腳痲得很。

他打開確認，是阿俗的來電。大清早的在幹麼，他忍不住抱怨，「老闆，今天要上班喔？」簡泰偉調侃，他開口就聞到自己忘了刷牙而滋生的臭味。

「你現在下來一下。」

「幹麼？搞什麼啦？」

「靠夭喔，叫你下來就下來，太陽晒屁股還睡，恁爸有好東西給你看，快！」

來到大廳環顧四周，地面狼藉一片，他的膝蓋泡進髒水，不禁納悶阿俗究竟在哪？在漂浮的障礙物中，他終於察覺醫院大片落地窗外有艘橡皮艇，定睛一看是藍色鯨魚造型！上頭有個人向他猛揮手。

「欸，你瘋了喔？」

「嘻嘿嘿，是不是很酷啊？魯賓遜漂流記！要不要搭這個去網咖？」阿俗得意洋洋。

濁濁水流淹沒一切，眼前一頭紫髮的龐克神經病般站在橡皮艇上，假裝提議載他去上班。

「等等。」簡泰偉轉身就跑，他腦中突然冒出一個絕佳的點子。

從沒感受到這麼強烈的興奮感，像風一樣一口氣越過十樓，來到媽媽的病床。

母親還沒完全醒來，簡泰偉立刻動手把她從滿滿的管線纏縛中解救出來。幾度調整姿勢，母親坐在輪椅上時，人也清醒了。簡泰偉不多加解釋，四處警戒唯恐沿路遇上護士攔截。浸水的電梯不能用，簡泰偉小心翼翼地背著母親回到地面。

一路竟沒有任何人阻攔，因此等阿俗傻眼以對之際，簡泰偉非常堅持，毫不讓步地要讓媽媽上船。

「欸恁是顧恁阿母顧尬起肖喔？她癌症病人欸！」阿俗顯得很緊張。

「不會啦，反正這船夠大。」

「幹，等一下翻船咧？」

「我最近有變瘦。」

「現在的大學生都這麼沒腦子喔……」阿俗看著簡泰偉已經抱起媽媽，忍不住哀號。

「來，幫我接一下。」簡泰偉穩住雙腳，指示阿俗該怎麼做。然後，他們三人上了橡皮艇。

阿俗把槳遞給他，簡泰偉便待在船側憑著想像力划船。

真的可以划嗎？這艘幾經風霜的鯨魚造型橡皮艇緩緩前進，淹泡在混濁水色的街道讓簡泰偉忍不住哇了好幾聲。

「欸，恁嘛拜託咧，不要只是坐在那邊，手要動啊！」簡泰偉坐一側，為了安全起見，媽媽跟阿俗坐另一側。

戴上寬邊圓帽的媽媽穩穩坐好，雙眼眨呀眨的，完全沒有喝斥這荒唐行為。如果未曾罹癌，簡泰偉想像媽媽一定會反對。

好不容易維持了動態平衡，這艘船穩穩地前行，但顯然比走路還慢。

「阿俗，我們要不要就這樣划去吃早餐？」

「聽的，上好早餐店會開門做生理。」

吐槽歸吐槽，阿俗將船輕輕轉了方向。

「媽——妳看，這一帶像不像水上人家？」簡泰偉向媽媽承諾，「等妳病好了，我們就去泰國看真正的水上人家。」

「伯母，不要去！要就去威尼斯。」阿俗替媽媽獅子大開口。

「還不簡單？請頭家多付一點打工費啊！」簡泰偉順著接話，「如果去威尼斯，我們可以請船伕唱歌……」

正當他們認真喇賽時，媽媽一手按著帽子，問道：「這會通向海邊嗎？」

「海喔？」阿俗停下划槳動作，沉思了幾秒，「會通。我們花一個早上出發去海邊哪，反正我網咖今天也不會開。」

他們途經一巷一巷的死域，在水上遊盪至今，卻什麼人都沒遇見。

「人攏去佗？」簡泰偉問道。

媽媽喃喃說道，「你爸那趟出海之後，就沒回來了。」提議看海的媽媽，現在進入了她的回憶世界，壓根兒沒聽見。

簡泰偉心知肚明，怎麼可能仗著唬爛話就划到海邊？阿俗一定也是，但是他最會配合演出了。就這樣，三個人朝著自認的，所謂海的方向前進。

為了紀念這趟瘋狂怪異的出遊，簡泰偉趁機拍了一張媽媽望著遠方，阿俗忙著划槳的照片。其中唯獨他面對鏡頭，圓潤臉龐露出傻氣的目光。

全身肌膚乾燥，頭髮掉光，雙眼卻緊緊盯牢每一瞬接觸的媽媽，逡巡著每一戶，每一個迎面的招牌，以及頹倒的路樹，左顧右盼的樣子擺脫了頹喪。

雨後的風，就在他們彎出巷口來到大路時，撲面而來。他們瞇眼擋風的這一刻，看見不遠處有艘亮橘色的橡皮艇在水面上行進。

「前面的先生請注意。」船上有人拿手持大喇叭喊話。

阿俗睨簡泰偉一眼，但沒改航行方向。這裡跟上一段巷弄不同，水的容量蓄積得更飽滿，橡皮艇吃水的程度比較少，不像剛才那段，好幾次簡泰偉都怕因為自己的重量而沉船。

「阿偉，前面是警察嗎？」媽媽問。

「那是救難隊啦，不然，今天先不看海，我們去吃早餐好了。」簡泰偉試圖轉圜。

「不……，難得出來一趟，還是去看海。」媽媽堅持。

橘色橡皮艇的速度比他們快，正在交談時，救難人員便與他們並行了。

「先生，先生？你們這樣不行喔，請快點到安全的地方。」喊話的中年人看來像頭頭。

「我們帶媽媽去看海，不用擔心我們。啊後面那邊，那邊還有很多戶人家受困。」阿俗指向剛才通過的巷道，簡泰偉一旁猛點頭。

「這事不用你們擔心，我們會掌握救災進度。來，你們先跟我們到對面比較高的建築物上。」

拗不過救難隊，簡泰偉跟阿俗只好聽著指令前進。也不知道是不是因為被救難隊阻止了，連一開始興奮冒險的心情都沒了。

「你爸說過，在海上航行三個月之後，方向感會消失，好像進入一種滿怪的狀態，只有靠著船長經驗跟羅盤，才能夠找到預定的漁場。」媽媽說道。簡泰偉替媽媽拉妥外衣，開始怕她被風吹得著涼。媽媽卻繼續從病苦轉進回憶裡，她眼中所見的，似乎與他們惡搞的心情不一樣。「你爸還說過一個祕密，他哦曾經在海上看過很大的巨獸，可能……跟這棟差不多吧。」媽媽指了指路上一間透天厝說道。「他那時候太震驚了，所以一張照片都來不及拍。他說他拿了手電筒照，發現巨獸皮膚長滿大大小小的水泡，暗綠色跟棕色混雜的。那個喔，不是鯨魚，你爸強調了很多次。」

「爸怎都沒說過？」

「因為回航到家的時間很短，他太累了。上次還一連睡了好幾天，不知道你記得不記得？」語調輕聲卻滔滔不絕，一掃平時虛弱的喘息。

「好了，現在安全。來，阿姨妳抓住我的手喔。」救難人員打斷了母親的回憶，伸出手來要將人接到岸上。對於救難人員的提議，媽媽顯然不領情，她穩若磐石地占據在原先的位置。救難人員把手伸得更長，以姿勢表明了立場。簡泰偉勸媽媽先起身到安全的地方比較好，但她卻幽幽回了一句：「哪有什麼安全的地方？」救難人員沒辦法，只好請簡泰偉跟阿俗一起苦勸。

媽媽最終還是接受救難人員的環抱，回到階梯上。比鄰山形的環山階梯，梯面堆滿落葉。媽媽坐著，目光透露出強烈的失望。與她相對的是，狂降雨水聚積來的大量漂浮垃圾與濁黃水色。

簡泰偉跟阿俗最後也跳上陸地，不情願地把這艘藍色鯨魚造型的橡皮艇收起。它造型可愛，鯨魚尾巴圓潤潤地，只是在陸地上十分尷尬。

阿俗順手把它放了氣。

簡泰偉則把手放到媽媽肩膀上，幫她按摩肩頸。他記得以前考前緊張，媽媽也都這麼做。當屈身扶住她僵硬的身體，他的腦中忽而浮現媽媽蹲踞在自助餐店洗碗，拚命地撈起充滿油垢的塑膠碗，洗刷、沖水。這種繁重勞力活，媽媽現在是不可能做了。

「媽，不然找一天我們認真去搭船。」簡泰偉提議。「現在船班很多，往旗津的渡輪，一天好多班次。」他對旗津完全不熟，只聽過海產好像挺有名的。

自從離開橡皮艇就不發一語，任由他輕敲按摩的媽媽，陡然起了長長的嗝，因颱風暴雨積存的水面，讓人錯覺是不是起了一道漣漪。

「就這樣說定了，伯母，我也一起啦，啊明天好了，怎麼樣？我們一起去看海吧，不要嫌我煩喔！」阿俗起鬨。

彷若駐於海邊土地好段時日的母親，第一次毫無顧忌，隨節奏搖晃，放鬆了為生存而長期扭曲，並被病魔侵蝕失去存活彈性的肉身。簡泰偉專心施加力道，替糾結的筋肉紓解、軟化。母親頻頻點頭，似乎很滿意。

「好，今天我就把車整理好。明天，我們去看海。」阿俗信誓旦旦。

麇集而無從散逸的腥臭味擴自水的任何一方，瞥一眼乾癟的藍鯨橡皮艇，簡泰偉替母親點點頭，動作輕不可辨……

放生

二零一八年冬．高雄

鄧文成終於決定要放生他的狗。

是日，南方難得陰沉的天色下，他搭上公車，一路向海。

時間流淌到盡頭，乘客一個一個沿線下車，他略駝的背還種在後門邊的座位上。司機透過車內後視鏡瞄了他幾眼，而鄧文成只是盯著跑馬燈，閃著紅光的站名一遍又一遍出現又消逝。

這條路線，很長。

「爸，就這樣說定了，您下個月得來美國，不能再讓您一個人待在那棟公寓裡了。」話筒另一端是他的大兒子。

「什麼？」鄧文成提高音量問道。然而，後續的回答越來越模糊，到最後一個剎止，與兒子的對話瞬間消散，現在耳畔重新盈滿彷彿來自遙遠彼岸的海潮，潮水淋上他脆弱的耳蝸，在神祕的通道裡製造聲響。

最近鄧文成越來越困惑於清醒的定義。

自從醫生宣判老年性聽力退化的那刻起，他習以為常的日常生活時不時被夾成片段，而後猶如醒自一個很小的盹，困惑地發現「現在」才是真實的。沉溺於半夢半醒間，無法順利開口描述這荒謬經驗讓鄧文成只好力圖鎮定地坐穩診療室的圓椅，虛心向醫生詢問診療方針。

「不要抽菸，不能喝酒，少油少鹽，盡量保持運動習慣。」唱念完這串，醫生低頭看病歷，頓了半晌說：「感覺神經性聽力受損基本上沒有特效藥的，不過，我建議可以先試著配戴助聽器，效果應該你會滿意。」

「助聽器？」鄧文成重複道。確實這一兩年經常聽不清楚對方的說話內容。然而，聽到宣判的結果讓他仍感一陣刺痛打擊。又來了，心情一旦低落，詞彙「助聽器」遂逐步瓦散於聽覺範圍之外。

醫師熱心地為他解說助聽器幫助聽力復健的原理，並且向他推薦幾款價格合宜的機型。鄧文成的背挺得直，保持禮貌或下意識顯現不願屈服病魔般的意志前傾聆聽，盡可能捕捉字詞，將它們一一送回該有的位置。不過，醫生熱切的程度早忘了維持初始的語速，雙唇快速鼓動。他努力捕撈醫生嘗試解釋的一切，然而所有事情都像是漏網之魚，直到醫師轉身密集敲打鍵盤前，鄧文成終於聽懂——「我還是開給您一點維他命，讓鄧叔您晚上安神好睡……。」

如同所有電影螢幕浮出「劇終」二字之前，仍須對於任何冒出劇情逆轉的危險潛伏因子提高警覺。等著藥方的空檔，方醫師打字聲大如雷響。聲音在耳畔間雜了鞭炮聲與恭賀聲，他猶熟悉著舉杯時的心情——這是咱村裡第一個考上醫生的！

——門口嗡蠅般道喜聲，那些高高托起拿手菜跟賀禮的手。老方一家準備小菜和高粱，男人們一夜醺醺然，輪番瞅著、拍著老方那瘦巴巴，穿制服像掛在晾衣竿子上的兒子。老方兒子戴眼鏡的臉掩不住高興，有點怯的性情，在這一天格外忙著叫叔叔、伯伯好，還替夾菜，自己的碗筷則壓根沒動幾次。鄧文成瞇起老花眼，以眼丈量身著醫師袍的豐實下巴和膨皮而略油膩的臉，腦中幾度比對。

——那剛考上醫學系的少年臉龐究竟長什麼樣？這麼一想，竟陷入模糊變動的苦惱裡。哎，想起了也不如何。

「這是終點站，終點站——」

公車司機倦饗的通知讓鄧文成破出回憶幻想。車門敞開，他跟狗都下了車，只是狗比他還早聞到菸味，鼻端皺成一節，四肢如馬蹄四處輕踏，狗在頸圈的限制下，盡可能離菸味遠遠的。

「來一支？」鄧文成搖搖頭，年輕在軍隊試過一口。打仗時，菸貴得跟金子一樣！第一次貪心地吸一大口，嗆咳老半天。抽菸的第一次經驗讓他後來每吸必咳，更做不來學不成宛如大明星般瀟灑的吸菸動作。

司機抽菸姿勢不怎樣，速度倒快得很，沒多久把菸屁股踩在皮鞋底下。鄧文成的黑狗湊上前去，對著冒出星火的菸氣低吼了一長聲。

「這是土狗嗎？」

「嗳……不清楚，牠小時候我們在門口盆栽旁發現牠的，我太太堅持要養。」他向司機比劃黑狗最初的長度。

「帶牠來海邊散步啊？」發車時間還沒到，司機又點了一根菸。

「嗯。」狗的胸膛十分飽滿，坐得直挺挺的，尾巴輕搖。

這兩人所在的濱海小鎮除了低矮平房，尚有幾排施工搭建到一半的透天厝，宣傳的廣告看板矗立在旁，在夕日輝映下，色澤褪去之故，透出隱約破敗氛圍。

「家住這邊喔？」問話漫不經心，司機看了看錶，逕自上車，看樣子隨時準備啟動，似乎不期待獲得回答。

「不是……」他遲疑著，因想不到更好的理由而沉默。

司機沒有追問便關上車門。公車在荒草地上迴轉，車輪抓地，揚起一陣風吹沙。拜他的聽覺再次遮蔽所賜，鄧文成沒有理會公車因老舊而發出的軋軋聲。

隨公車離去，黑狗小寶開始大力搖動尾巴，提醒散步時間到了！鄧文成俯身摸牠的頭，憐愛地看著邁入風中殘燭的狗，牠的老態使他這一兩年特別容易思緒跳躍。這幾年走掉的同袍，十幾位啊，接二連三的，不少是戰役落下的病根糾纏。當年的少年兵忍著不死，只為了從血海戰場掙扎回家。回家的信念讓人勇敢，再惡劣的環境，能放進嘴巴的全吞下了肚。鄧文成憶起餓到神智昏聵的一晚，吃下了同袍遞來的一碗狗肉。從生死關頭醒來後知道這件事，多想澈底忘了……縱使成功忘卻，卻改不了鐵打的事實。

散步時間，牽著小寶來到盛產烏魚的水鄉，冬季的風一吹拂，鼻端盡是濃重腥味。不去公園，牠看向某個方位又看向他，拉扯頸圈的動作中，小寶似乎感覺到不同，靜靜地垂下頭。

鄧文成也好不到哪裡去，他顯然打壞了節奏。

他想前往海濱，依循印象牽著小寶遊走於各個應能叫得出名字的路口，左轉右踩，盡可能朝遠處極目而視，獲得的卻是輪廓不甚明白的灰影。所見民宅千篇一律藍色鐵捲門，頂樓加蓋的淺綠波浪鐵皮成浪，牆面滿布細小綠色磁磚，破損處處。單調困難的機車引擎噴出一管管黑煙，障蔽空氣；藍色小發財車忙著卸下漁獲，吆喝搬運。等在家中的人必須在成批已然死去的雌性烏魚體內拿取她們的子嗣。

一網袋一網袋地任魚群互相擠壓，在空氣中一步步失去水分，失去存活的條件。她們的身體一旦上岸，就沒有完整的必要。取卵、綁線、清洗、去血、鹽漬，置放於木板，反覆壓實壓平，在勁風與烈日交替作用下，成為一片上好的烏魚子。賣出好價的烏魚子，通常不是搬運或製作的人吃得起。妻子出身在這，童年或少女時代卻沒嘗過。

他第一次見面時閒聊起哪一間製作的烏魚子好吃，她說因為不忍吃魚卵，這類訊息一概不知，他不知這是委婉，把這事記得特別清楚，往後去餐廳，不點魚卵，唯獨後來謹記完整的人還是他。妻子絲毫不感歉疚地活進平行交接的所在，在那裡活得更長，連小寶她也忘了。

他還能說什麼？

鄧文成感到胸口緊悶，彷若誰把微駝內縮的胸口狠抓一把，旋緊，讓心臟不由自主地空停一拍。廣播主持人重複的警告看來沒錯，這幾年南方沿岸的空氣汙染特別糟糕，PM2.5 對應的指標顯示紫爆。少壯時拔尖到天不怕地不怕的體格，現在對空汙過敏起來，說起來她會笑自己的，鄧文成想。

一九四二年冬・廣西靖西縣

告別廣漫的惡土成為他十六歲的成年禮。

他的老家，上天只偶爾降水，水朝地面下走，形成伏流。留不住雨水的土地蕭瑟是乃歉收的季節永遠養不起下一季的希望。雙腳所踏淨是破碎地貌，深長岩溝與容易使人絆跤的窪地。

前幾日，地主又來討租金了。

老家前門直通後門，狹小如斯的空間要價不斐，得變現作物三分之一價，才付得起虛晃不實的浮濫租金。地主越來越喪失耐心，某個傍晚，來了一群人不由分說砸爛了屋子門窗。

流氓胡鬧完的那晚，他給姥姥裹上所有被子，深怕她受寒。只是心頭越憂慮，風就越在耳邊聒噪，在灰壁與破窗之間如幽魂呢喃。隔日醒來，他發現身體暖烘烘的，轉頭一看，姥姥一件被子都沒。這麼折騰，姥姥生病，他為了照顧又患上風寒，病得肌骨瘦疼，央點零工的機會都沒了。幸好隔壁住的大娘看不下去，主動讓他們借宿，勉強熬過忽寒乍凍的夢魘。

這一病讓他在腦海悠轉許久的計劃決心付諸實現。聽村裡傳著替國家打仗不怕挨餓，又有實得薪餉。鄧文成聽了心動，他得替租來的屋子裝上門窗啊至少。

他虛報一年歲數，入了伍，並為了跟上軍隊，迎來匆匆告別的時刻。

他記得病還沒好全的姥姥開始蹲在厝邊唱著歌，他的姥姥一輩子養了那麼多人，可最終誰都沒覺得該養她。父母不詳的他被命運推向她，因為姥姥憐憫，從此相依為命。他雙手緊握著背包，在轉身的那刻卻說不出再見。

蹲在姥姥身畔，他輕聲說：「姥姥，我去去就回。您等我啊！」脣邊吐音輕得像一團棉花，留下很輕很輕的一絮，他凝視著，曉得姥姥無奈地答應了。無論如何就得賭這一把！他忖著一旦勝仗，向軍隊告假，立刻就將攢好的錢託誰給姥姥寄去。

起身，鄧文成腳邊揚起一圈粉塵，走了幾步，不意瞥見樹上停滿烏鴉。真不吉利，他想。一分心，耳尖捕捉到幾隻麻雀落地聚集的嘈雜聲，霎那間，樹上群鴉全飛了起來，朝著天空某處集翔而去。再轉頭瞥向姥姥所在的位置，卻沒見著姥姥。大概是進屋歇去了，他安慰自己。

破狹小屋進得可深了，這輩子，鄧文成沒能再見姥姥一眼。

一九四三年夏・中印邊境

他們把性命暫放在三十八師孫立人師長那兒。

不久前撤往印度之舉，令杜副司令長官怒極。鄧文成能感受到所有人都準備好賭上一切，跟著孫師長，行向燠熱的印度。至於杜副司令長官則帶著他的屬下捨命通過胡康河谷。

覆蓋血肉的皮膚細毛與衣料因汗水緊緊貼合，馬不停蹄以綁腿的雙腳行過崎嶇。

一塊防雨的油布、罐頭和米袋、輕裝配備，水壺或毯子之類懸綁在土色背包上，兩兩距離一定步伐，隨時準備祭出手邊軍刀，或搏命以子彈應付任何危機。

在這，送命像齏碎一顆花生米，見血只是小事，一旦被恐懼抓住了，就沒有活命的機會。

他忍耐，傾盡全身來忍耐。

腦中還停留在前幾日孫師長站在戰車上，第一時間指揮向對方猛轟的身影。面對前方布署槍砲狙擊的日軍，子彈交鋒，雙方交火到昏天暗地，孫師長同時調度大批人力來移除路障。堅不可破的堵截防線眼看露出一隙，孫師長所在戰車的引擎噴出嗆咳黑煙，使勁全力，火速前進。在千鈞雜音之中，孫師長指令要所有將士緊隨突圍。

雙腿狂奔時，鄧文成聽見子彈火藥擦身的細聲。所有跟他同一時間蹬開腳步的同袍，以磨損破洞的鞋緊緊抓住地面，在毫無遮蔽的劇烈晃蕩下，迎向敵方子彈。

賭吧！不賭怎麼繼續？

賭盤一撤，孫師長引領他們在下個駐紮點休息。清點人數，犧牲的弟兄不多，但是每個人都曉得隔日，或隔日的隔日，陰險聰明的日本鬼子又將做好埋伏，等著襲擊。下回可能是空戰，靠著領空絕對優勢掃射他們預計前進的路徑，彈藥和血軀將會布及大地。

通往印度的過程僥倖不死者，都聞得出宛若源自腐土的死之氣息。生或死的機運各半，上天大手一揮，天平傾向某方，他或身邊的同袍就會以意想不到的方式，葬命於這漫長而少有人煙的邊境之路。但就這樣了。拋棄已死弟兄，跟上急促前行軍隊的那一刻起，他就選擇了活著，活著繼續執行任務。

少年成為兵，他的心也成為兵器，剛硬如鐵。

報告，沒有敵軍！

快跟上。

踏進森巍巍密林，被指派殿後的自己跟軍犬一組，負責偵查隨時可能突擊的日軍第十八師團。

他全程警戒，寒毛直立，土生野獸般盡可能伺查任何天敵威脅。既要走得快跟得緊，剩餘的氣力為了不知多龐大的危險而預備著。無法交談，無法苦中作樂，第一次他感受到聲音憋屈在胸口，迴轉於肋骨間，把他推回那個心情慌張不定的告別。

姥姥知道他距離老家幾百公里，背棄了回家看她的諾言嗎？

只是，他的心被數不清的戰爭纏上了。作戰作為生存法則跟老家鄉間野狗交合沒兩樣，交纏密謀，齒間夾混尖刀來回刮動皮毛血肉的討饒聲，沒多久一窩崽子出現在樹蔭草叢，兩窩三窩，無端生了又生。野狗生存哪裡容易？可是不分晝夜幹上了，再怎麼樣都不可能消亡。戰爭也是，哪怕元首和元首互相握手，手心藏著準備給對方的禮物，交換禮物後不滿意，還能催生更多戰場，醞釀爆發下一波戰爭。說來，如同他這樣的小子離開貧窮村莊，想討口飯，賺點錢的，只有戰場等著他們。拿起槍砲，躲進壕溝，這種日子一旦開始，他才領會到沒有終結。反覆被翻攪、打亂、辜負的情況，不管是他對姥姥，抑或戰爭之於他。現在唯獨手臂包著繃帶，雙眼血紅的孫師長能夠信賴。

「今晚在這紮營。」前方發出停止行進的指令。

放下個人家當，從米袋中找出乾糧，吞到噎了，就努力生出口水。糧食也有軍犬一份，只是也不多。看得出牠累極倦極，而鄧文成通常寧可省自己的，也不願餓著牠。

休息，對於正在撤退的軍隊來說是不存在的，坐靠於背包旁，瞇一下酸澀雙眼，暫時不再狠狠盯著周遭，軍人跟軍犬都只專注想辦法在惡劣的處境中努力延續性命。

作為整支隊伍的殿後，得更放低生存感，逼自己直覺戒備到頂點。幸而後續仍有機會在下一秒安心下來，看著一隻無害的小型動物撥開草叢而去。那隨著緊張而大口呼吸的頻率慢慢緩和下來，過度換氣的肺部就此積存一股腐敗之氣。雖然如此，鄧文成就此生出一隻無名眼，聽力不知不覺馴得靈敏，窸窣摩擦，風吹草低，獸來過又消逝，什麼獸，或根本不是獸，而是必須起身反抗比獸更惡毒的敵人，這一切輔以軍犬的直覺辨別，曾幫他躲過幾次危難，還拯救了傷兵。

其實，自從得知路線無法繞過這座叢林，沒幾天，他的心臟總跳得非常急，因為呼吸不到新鮮空氣又必須疾行。近萬人豪賭性命，深入野獸埋伏，僅有各種毒物能存活之地，屢屢讓他擔憂老舊配槍要不得用來獵捕駭人巨獸，或斃死啃囓他褲管下皮肉的蠍蛇。幸好，閃現腦海的懷疑總被孫師長神算般拯救。精準的軍事命令，奇技險招屢出，讓大夥躲過不少次殺人鬼族日軍的殘虐。

而正當隊伍即將通過隘口時，鄧文成的耳畔通過一絲不應該在森林出現的人聲。他豎耳會神，是了，有人！

打出手勢，其他同袍即刻意會。他們列出突襲隊形，朝聲音源頭而去，攻擊當作防禦的瞬間，鄧文成不覺喊了一聲。

眼前還試著藏匿的是受傷的兵士，不是日軍。

孫師長很快親自下令沿途特別留意，收容掉隊或受傷的軍人，他們多是撤退不及的可憐人。為此，孫師長見了他。

走進臨時搭建的灰色呢帳，他第一次這麼近距離跟孫師長面對面。師長周遭都是三十八師的重要軍官，他們身著軍服圍坐，顯然在開會商討。

孫師長起身，面向他：「步兵，做得好。」

克難簡陋的作戰軍帳中，最尊敬的長官清楚看著他，並向他投以肯定眼神，其眼神恆毅如黑曜石，熠蘊堅實。鄧文成併攏雙腳，刷地舉手敬禮，孫師長以堅定的目光回看一眼，便又投入會議討論。

步出帳外，鄧文成瞥見天上新月，他逗留幾秒，朝更深處張望，整片天空充盈極壯麗的星海，一條履帶在群星中劃了條不可思議的光源，讓他猛然誤以為仰看著老家天空。這會兒，他深深凝視瀅燦的最大光度，恍惚從中得到一股意志，跟帳內的孫師長很像。

小心翼翼衡量生存條件，此次撤退依然很接近死亡。然而，他沒想過會有寧和安好的時刻。他也不會料到未來幾日，三十八師以極有效率的速度，持續護送沿途收容的傷患，挺進喜馬拉雅山麓。

省吃儉用的糧食差不多告罄的軍伍行進著，遮在頭頂的樹叢隨著高海拔而逐漸轉為瘦長拔高，前方弟兄泥濘血汗，毯子和頭盔在身上歪斜磕碰。太陽光直射威力讓長長的隊伍不時低首，無用但企求躲去毒日肆照。鄧文成揩了揩汗水，瀕近喜馬拉雅山麓並不能止歇汗腺，汗水或許源自未知的因素，於軍裝四處暈染汗漬。幸而他的聽覺在高處簌簌冷風仍十分管用，故能竭力區辨此地該有的及不該有的聲音。

繞進山坳，轉彎處有棵鳥群占據的枯樹。他悚然，以為是老家的烏鴉。突然，牠們清脆啾唱，在這麼高的群峰，音色陡然撞向山谷，一波一波。

忍住腳底水泡刺痛，他快步依然，而最前方傳來訊息——

到了，到了！

三十八師，不辱使命。鄧文成感覺步伐像是自有意識，晃蕩、狂馳。成功撤退到印度，不真實感遠勝於喜悅。

逃向生，就有人追向死。

與他們背道而馳，向北撤回雲南的第五軍，就在他們終於安穩駐紮在印度阿薩姆邦小鎮利多之後，傳出毗鄰利多的野人山那兒有他們的足跡，連當地人也畏懼不已的極惡之地。這支應該往北走的師團，竟成為他們接應救援的對象。出現在眼前的第五軍和二十二師的劫餘者，軍服髒汙斑駁，露出的皮膚斑駁著新舊傷痕。遠遠地，身上瀰散的氣味讓鄧文成跟左右袍澤深深驚駭。

——他們已經不能算是軍人，而是帶著濃厚病氣的失魂者。

僅說僥倖從野人山逃出，除此之外，他們什麼都不肯說，喉吞硬石，眼神壓低。接近而遞出水跟食物的瞬間，鄧文成不意聽見了。

有可能嗎？恐懼會有聲響。

周身細微顫抖不輟，被什麼擊中或通電似的，不停延宕著後續的顫動。

懷著只有自己知曉的驚懼暗影，與大夥一起招呼逃過大難的他們吃更多的飯，雖說飯也不過是粗糠。入夜，圍著篝火飲烈酒，熱辣得不明所以。映照中，隨著火光無限延長的影子時而張牙狂笑，時而扭曲縮小濃重墨黑到闃冷。坐在溫暖而安全的異域土地上，撲簌簌地有人抽泣起來，顫抖的肩膀胸膛使得還未從戰爭中清醒過來的人，疊加嚎哭。哭聲放大所有外在音聲和動作，經烘乾龜裂的樹枝柴木一遭火舌吞舔，下一秒是大規模的燃燒，一場不可逆轉的局勢。

這些臉孔遭遇所有泯滅人性的事，哭聲不似普通人，沒有人能持續一整夜的悲泣直到隔日。

「多少人？」漫漫長夜，有人終於問了。

鄧文成醒來，一雙銳耳喚他從夢境起身。

數字化為火星沫子，風一吹，一道纏繞交疊壓迫感的枝椏，暗影祕密隱匿著身形不明的野生動物，雨一場接力一場，形成洪流，忽遠忽近的腳步聲伴隨瀕臨作嘔的氣味，活迸迸的鮮血蝕爛的屍體死壞的斷軀橫陳的馬首舉起毒螯在等待的蠍子，忽地迫近一連串大炮悶響，踐踏聲響，大地震動，悲鳴咳血般的慘叫聲直通天際。

鄧文成睜大眼睛，像是從水底深處忽然被拉回陸地，瞬間又被不明的大火灼傷，他的耳朵不曾關閉，握緊拳頭直到筋骨痛麻。

一年後的十月，新三十八師打通野人山，鄧文成一如最初那般追隨孫師長，成為潰擊日軍，獲得大捷的萬人功臣之一。

一九五四年秋・高雄

磚房紅門，巷弄互對，巨木遮蔭下靜立一排日式宿舍，透出寧靜。

村子旁的小學是最初將軍為了照顧軍隊部下後代所興辦的，於是村子裡的孩子幾乎就在眼皮底下讀書。外人進村，得先行經全臺最大的牌坊，由水泥柱與鐵條框住幾個醒目大字「誠正新村」，而鄧文成也位居其中一戶。

幾年前隨將軍渡海，抵臺後他們輾轉被安排住進這區日軍遺留宿舍，對面是將軍主導的陸軍訓練基地。初來臺灣的他，海島溼潤的空氣，焰火般的日頭，南洋風情的行道樹，很容易疊合二十初頭深入滇緬，駐守印度操兵訓練的印象。遠離印度藍姆伽整訓時期，成功撤離緬甸戰場後，他們與將軍之間的聯繫便少了許多。不過訓練一事仍是將軍念茲在茲，持續操練的事。

從戰場歸來是當時十六歲少年的心願。不打仗後，總算過上不須驚惶的日子，鄧文成內心寬慰。

工餘返家後，通常他會選擇坐在客廳裡，敞開窗子，坐在躺椅上。而狹小院子的竹竿一排乾淨衣褲，在風紋絲絲擾動之下，散發淡淡的水晶肥皂味，似遠若近的人聲嬉鬧，饋予平靜。物什還算堪用的家，妻子收拾得乾淨齊整。不少戶人家批來手製品，加工賺零花，唯獨妻子與這個家最是有條不紊。

出身茄萣的妻子，自幼習慣與海共生共處。

輾轉於內陸作戰至移居臺灣，對於這座島嶼上的風俗與習性，實在說不上習慣。畢竟他跟弟兄們都深信誓言不久後要帶他們攻回去的領袖。獨來獨往如他，什麼也不怕，領袖說要走，他隨時可以。帶他們來臺的領袖不會誆人，他深信著。

因而，某日當局宣布同意他們在臺娶妻生子時，一抹錯亂使他遲疑軟弱。

這背後昭示的喪家感，讓他終而下定決心。

那天，渾身壯碩的鄧文成穿上版型挺亮的新製西裝，仔細梳妥頭髮，帶了聘金聘禮，前往海邊人家提親。這副打扮的確在女方左右鄰家引起一陣騷動，年紀大女方十歲的鄧文成提親成功，如願娶回依海而生的妻子筱惠。

筱惠比他想的還更適應住進眷村的新生活。聽她說，之前想種的花草屢種夭折，她被家人笑稱憨慢，現在住在海風吹蝕不到的地方，她種什麼是什麼，七里香和桂花從矮叢就屹立在圍牆邊。儘管別戶人家盡是色彩妖豔的扶桑花，他們家長年綠意一片，節氣到了才點綴一些淡米色小花。

「摘完的桂花，要拿來泡鹽水。」女兒們捧來鹽水，盯著細碎如金的桂花在水盆中，逐漸面露驚訝，水的表面出現細小的蟲，在之中載浮載沉。她們以為篩網留下最飽滿的花蕊便大功告成，卻意外在之中見到一隻隻被水逼出的蟲。

「好噁心。」大女兒如燕忍不住叫道。

「我們喝桂花蜂蜜的香氣都是從蟲那邊搶來的。」妻子淡淡地說，順手將幾隻明顯在求生的蟲輾死。

女兒們愣愣地看著妻子，不多久，女兒們就習慣了凝視蟲子的死亡。

他在半敞開的門簾旁看報紙，兒子們漫不經心地剪著妻子吩咐的香椿葉，好讓妻子做香椿餅。但他們又不肯好好做，趁空猜拳，輸的人負責出來剪，其他兩人偷偷蹲在一旁玩玻璃彈珠。輸的人動作粗魯，連細枝都折了下來，只一心想搶回彈珠。

鄧文成想以一家之主的身分喝止他們，轉念尋思，二女二男，各自有小樂趣有什麼不好？

目前他的樂趣是看報，下棋，跟村內的昔日同袍話當年。這麼一想，又將報紙掀往下一頁。他沒料想過，不久之後他將在報紙上見到使人驚詫的匪諜二字，與自己引以為傲的村名並列。

一九五五年春・高雄

小滿剛過，稻田抽穗黃熟，吹到身上的風隱約是夏的氣味。

妻子筱惠在廚房滷製的香氣飄出，下鍋麵條正滾燙著。撈起放涼，澆淋豬油，再舀幾塊豆干，灑蔥花，這是孩子們的最愛。

「吃飯了。」

戶戶相連的村子，喊著吃飯的聲音很容易互通，誰負責端菜，誰得去巷口把人叫回來，各如栽植在各院不同品種的花，簇擁堆積，圓滿地在耳畔開綻。

不用特別優異的聽力，好的壞的在這兒什麼都聽得見。

這一日傍晚時分，幾輛軍用吉普車駛進東二巷，一陣粗聲吆喝自巷口傳來。

聽聞不對勁，鄧文成要孩子們安靜。

「誰是郭廷亮？」

器械鏗鏘聲響，引起驚呼，左右鄰居多少見過郭廷亮軍訓班同學高培賓。高培賓被粗魯地扯向一旁，而郭廷亮竟雙手被銬。

其他住戶渾然不知是什麼事，基於義憤，議論鼓譟起來。幾個熱血兄弟衝上前去，想澄清辯駁，反遭站在最前方的憲兵搶白：「誰替他說一個字，誰就有匪諜嫌疑。」不一會兒，荷槍人牆鞏固在屋外，不准任何人進入。指揮的軍官順手一揮，下士魚貫湧入，對著牆壁、櫥櫃、天花板又敲又戳，粗暴地發出讓人心寒的噪音。這場面鄧文成窺看著，眼見身著軍裝的那群顯露出非得要挖出什麼的凶狠神態，不禁脊背發涼。

憑什麼押人？

鄧文成屢屢難忍，直想推窗大聲質問那群前來搜查的軍人。他們的長官是誰？不明不白抓人，使他多年來止步於征戰場合的片段記憶逐漸復甦。

他轉向另一角度，望向押坐在車內，沉默無語的郭廷亮。

莫非……

一瞬間鄧文成腦中浮現不妙的念頭，又旋即為卑劣的想法而懺悔。他接連低聲辯駁不可能，好像持誦咒語般，足以抵銷口業。那番搜索很快了結，抓人軍團迅速上車，加速揚長而去。在車輪快速馳過村子時，樹上提早的蟬聲零落地，間歇地，嗚放了幾聲。

自那時起，懸在村子入口，帶有品德深意與期許的定名，替換為毫無關係的稱呼。

村子開始壟罩在一種安靜之中，此非尋常安靜，而是預防即將發生什麼而刻意保持的安靜。同樣位在東二巷的住戶們，包含鄧文成一家，靜默流轉的猜想從扭斷言語溢出，無時不刻；人們只要路過，都特別留意是不是又來了一輛軍用車。

報紙上刊載，政府已確證郭廷亮為「匪諜」，而其長官孫立人「縱容部屬武裝叛亂，窩藏共匪，密謀犯上」，數項鑿鑿罪證印為鉛字，孫立人將軍確定革職。

親自見到這樣的消息，鄧文成闔上報紙，重重一聲，一列骨牌在他心底傾倒。

村內昔日跟著孫師長作戰的弟兄們才霍然察覺到一隻隱藏在這個小世界之外的手，摸黑取走了很多戶人家的燈。再平常不過的矮垣，龍眼樹下的幾張空藤椅，鄧文成開始偶爾恍惚錯認是他們萬人反攻緬甸過程中，必須機警懷疑的日軍陷阱。幾個弟兄在他不知道的深夜，無緣無故失蹤，被抓捕的原因繪聲繪影，他們彷彿被詭異的藤蔓纏住了，懸到半空中，讓其他行進的同袍毫無所覺。

鄧文成再不看報紙了，上頭所寫的全是不讓人爽快的消息。

「你若有一天不在怎麼辦？」筱惠有次在熄燈的床頭邊問道。

「別胡思亂想。」鄧文成拒絕想像，內心滿溢不可名狀的憤怒。

「不是……我聽隔壁巷子的……」飄忽的話欲言又止。

家裡四個孩子睡在隔壁的通鋪，他的心因為高頻率的憂惱而厭鈍，一旁背對著他的妻子等不到答案，應該是睡著了罷？他闔上眼皮，意識還飄移在半空中，又是一個不眠的夜。當無法安睡的日子逐漸堆疊至高時，他的身軀便不再如以往那般敏捷了。他開始偶爾會在上班時間打盹，說話也不似之前宏亮。少年時代出生入死，毫無所懼的氣力，不知怎地從一根一根的手指尖滑開。

為了振作精神，暫時隔離內心的躁狂，他叫來兒子們一起慢跑。在村子旁的國小，繞著操場一圈又一圈跑著。他賣力回想過去操練軍隊的情況，大喊：一二、一二，並要求上高中的兒子們一起喊出聲來。

兒子跑完前三天，就蹺了他的跑步訓練課。

晚餐桌上，他為了這事特別要兒子們拿出成效來，不然愧為學生。最先他不是要提這個的，跑步的好處他都還沒說上一個字，剛上國一的立德低著頭，把一碗飯的米一粒一粒撥進嘴裡。見狀，鄧文成怒氣張揚烈焰起來。他很少真動怒的，然而那次卻被怒氣帶著亂竄，直到那把火掃得餐桌上人人速速掃光碗內食物就離席。

很久沒來串門子的老方，正巧敲了門，他手裡拿著高粱。兩人對坐，那雙多毛而巨大的手，持起玻璃小酒杯敬他。喝了幾杯後的鄧文成，喉嚨灼燙。他曉得老方是有辦法的人，軍階比他高，又跟上頭關係好。

「你知道咱們村裡那些人都去哪了？」鄧文成啞著嗓子開了話題。

「誰知道？」老方斟滿酒，他的眼瞳閃爍一抹喝止。

拿起酒杯一飲而盡，才幾杯，好酒量的鄧文成竟感覺有些頭暈，喃喃道，你知道吧，你知道。他半是藉酒胡鬧，半是太久沒這麼喝了。

他的腦中冒出一個泡沫般的畫面，有人從身旁中彈倒下，倒下的背影不顧一切。他朝左右大吼，小心——然而，更多轟然的爆破聲踩住他的咽喉，他的警告幾乎連自己也救不了。他舉起槍，瞄準，婆娑樹影和詭異影廓都成為他的目標。扣下板機，趴下——他要給那群日本鬼子好看。抽動的直覺讓他擱下槍桿子的瞬間，聽見連長對他大叫。叫的聲音不像平時那麼兇，而是一道尖細的錐子刺進太陽穴，從腦子裡發出聲音。

快讓鄧文成停下來。

其他人讓他伏低，臥倒，接著無數隻手抓緊他全身上下。

夜鴞從樹層之間飛過，比人膝蓋還高的草叢跳出一隻蜥蜴，成為一個點，緊接著渾身草綠和尖牙的蜥蜴傾巢而出，朝他跳去。眼看就要掩住他的視線、手腳和軀幹了，他倒抽一口氣，擠出悲戚的聲音——

「小鄧，你喝多了，到這兒就好，進去睡罷！別多想了，我扶你進去。」他推開老方，他還有沒問到的事。但不容他再多問，高粱的純度低抑了血液中的波動，身體遂展開無窮下墜，才一碰到床，他就下墜一層，再落墜，再碰底。

重獲記憶，是隔日的中午。

不知為什麼夏的節氣已然走完，鄧文成起身，坐回自己在家中固定的老位置，鼻腔依舊嗅出桂花的香氣。

二零一九年秋・高雄

「小寶，你說說，我這是醉糊塗了嗎？」小寶趴在人行道，眼皮微垂，嘴間咕噥一聲算是回答了他。這兒的人行道插滿國旗，今年雙十國慶直到現在都還未卸除。

青天白日滿地紅，他也曾被拉去造勢現場，上千張塑膠椅上放著國旗，穿著國旗裝的老方興奮地向他揮動國旗。鄧文成接過一支，臺上很快開始拿著麥克風喊話，鼓譟臺下一起。

國旗，從軍的他怎會陌生？他拿著，眼角餘光望向老方，老方身後還有一群再一群，無盡湧入的人潮，各年紀都有。除了人潮，會場外圍是車陣，汽車後方綁著疊高的國旗旗竿，機車騎士不少戴著國旗安全帽，也綁著國旗，所有人極盡可能地舞動旗幟，那股興奮聲浪使他懷念起跟當年同袍追隨孫立人師長來到臺灣時，每年村子裡的旗海飄揚，尤其熱烈地展現對國家的忠誠。

自從村子改了名，出了事，他曉得自己再也無法那麼熱切地揮舞國旗了。

欲說還止的紛雜心事也包含小寶。

鄧文成索性坐在欄杆旁的基座上，盯著小寶看。牠十五歲剛過，患有輕微腎臟病的牠，需要打針吃藥，可是醫生說牠還算健康，不用太煩惱。現在的自己跟小寶都是垂老病多，特別是近日，他感到尤其吃力。

小寶來的時機，孩子們已經都上了大學，隔坪不怎麼方正的屋子偌空起來，邊角縫隙也開始有了壁癌。小寶剛被發現不過田鼠大小，妻子掛上老花眼鏡，從草叢堆中主動抱起牠，為牠準備牛奶，看著還是嬰兒的牠狼吞虎嚥。

自從有妻子餵養，長得很快的小寶活躍起來，不久便嘗試要走路；遇到門前階梯時不小心滾落在地，筱惠的笑聲就從窗臺傳來。妻子抱起小寶，像是要帶牠認識新家，指認家中擺設，植物，用手觸摸著屋子壞朽的部分。鄧文成隔天拿了工具，準備重新清理與粉刷。

與他一起逐漸老去的妻子已經不太做貼補家用的精細手工了，她偶爾去找牌搭子，要不就是占據他的藤椅，在屋子裡看看書。鄧文成也是很後來才意識到她喜歡書。

這些發現，讓他格外仔細整修屋子，從內到外，包含老朽的窗框和書架。

他簡直上癮了。這棟屋子竟然有這麼多地方該翻修，之前怎都沒發現呢？更換、整修讓鄧宅重現勃勃生機，鄧文成、妻子與小寶，輪番散步，洗大小瓢盆，取出原來早被白蟻蛀光的木椅，把窗戶拆下以水柱噴洗。勞動的時間特別會感受到陽光，晒著衣服的庭院空地暖洋洋的，後頸、腋下和後背全都汗津津。

這之後，妻子便會悉心準備晚餐，雖然只有他們倆人，她仍願意耗時烹飪。時不時出現的豐盛大菜，像是酸菜白肉鍋——

好吃，味道太對了！

鄧文成不自覺誇出聲，讚嘆迴盪在神情渙散的小寶身周，他才察覺牠半寐沉睡了。之前住村子裡，牠有多活潑啊！跑遍全村也不喘。為了不吵醒小寶，他把項圈栓在圓柱狀的石柱上，打算去旁邊的攤商隨便買份食物。

他知道自己依然下不了決心。

本來，他想將小寶不經意地放在妻子舊家，讓妻子的親戚自然而然地發現這隻狗。

可是，每當想起鄰近妻子舊家的路，他亦手心發冷。妻子病逝後的那幾年，他必須耗一整天在外浪走，返回眷村老家才睡得著。

多事之秋的村子對他來說不再是堡壘。

暫且甩開這些念頭，他向賣蚵仔煎的小販買了一份，想了想，又點了隔壁攤的海鮮粥，囑咐說不要加鹽。現在的他，應該比老妻更喜歡海鮮了。他甚至特意張望左右，看看有沒有哪家攤販賣烏魚子。

「你知道……我現在……最想吃什麼嗎？」病榻上的筱惠抵抗虛弱，這麼問道。

鄧文成看著插著鼻胃管和其他數不清管子的她。他始終都握著一條白底紗質的繡花手帕替老妻擦眼睛，她的雙眼因為久病而混濁，過去的她可有一雙愛笑而晶亮的眼睛哪！

「浸過高粱，火爐上剛烤好的烏魚子。」她說的話一字一句非常輕緩，呼吸聲濃重。

孩子們都趕回來了，只是沒有一個人走出病房大門去張羅這項食物，他們擔心的不是媽媽想吃的，而是媽媽的性命。

醫師低聲宣布，這一關過不了。

一刻之間，兒子立仁、立德，女兒如燕、如鵑全擠近床沿，想跟全身浮腫，眼神慢慢無法對焦的妻子道別。某個時間點走進來的醫師，關掉儀器。鄧文成聽見儀器停止運作之後，始終待在白色空間內的筱惠，發出吋的一下，極輕極輕的挪移，脫卸了肉身。

醫師在場宣判死亡時間後，一旁的護士開始把管線慢慢收回，他們的動作好像剛完成了一場大型活動，現在拔除電源。

一切都結束了。

離開妻子故去的病院後，為了後續的喪葬事宜，鄧文成接受二兒子立德的好意，到他們家去住個幾天。

坐進休旅車內的每個人全不作聲，負責駕駛的二兒子向前疾駛，掠過一個又一個分隔島。鄧文成覺得四個輪子抓不牢地面，在一顆顆綠燈催促下，宛若飛昇了起來，唯獨心臟很沉很硬，血流跟身體相互背離。

鄧文成下車，準備踏進二兒子在北部郊區的別墅前，大兒子喚住他。「爸，以後來我家住吧！」特地從美國趕回來的立仁，經多年努力，已是美國執業律師。鄧文成打算後續殘年跟小寶相依為命，但他選擇向大兒子點頭，「知道了。」

只是……他內心默點著送別後，哪個女兒就率先說要回家一趟，而誰家孩子吵著要吃肯德基。他奇怪著沒人提議要全家人聚一聚？還是，大家真的這麼忙？

回想四個孩子自從那件事後，他們之間就少說話了。鄧文成並不後悔，當時，他得保護這些孩子和這個家。

說來是那個下午太過突然了，下了班的返家途中，他被攔下。對方向他自我介紹，出示官階姓名，之後便為他蒙面，逕自帶走他。

在那個房間裡，負責談話的人跟他對坐在亮晃的方桌前，對方問什麼，他就答什麼。

他說過自己好像看過誰出入過郭廷亮的家，名字不記得，只曉得長相。對方一旁有站立者，刷刷記著他所說的一切。問話的人，語氣懇切，鼓勵他說更多些。

這樣是不是孫師長就能復職？

對方向他露出微笑，而他在這抹表情裡得到首肯的力量。他知曉既然要說，就得交代得越清楚越好，知無不言，將他所曾記憶的，具體描述給對方。

聽著他闡述時，對方總是維持著澈底的沉默，而或許因為沉默，那張與他對視的臉，後來竟想不出真切的輪廓。鄧文成感覺那是白的，消融五官的白。

從那單位離開的時候，他明確收到了交代，「請不要透露任何事，鄧少校。」

他點點頭，讓他們用一樣的方式放他回到平常的路線上。返家途中，他還盤算好幾個理由跟妻子說今日的遲歸。

推開紅色鐵門，他貌似聽見妻子向孩子說幾句，而孩子頂嘴的情況。

「幹什麼東西，敢這樣對你媽說話？」鄧文成箭步上前，給立德一掌。

身為哥哥的立仁，竟然把弟弟拉到身後，向他怒目以對。過去擔任潤滑劑的兩個女兒如燕與如鵑並不在家，家中就是這兩個血氣方剛的兒子。

鄧文成把立德拉拽出來，斥問他的無禮。他大概猜想得到妻子教誨兒子的內容，二兒子在校老是闖禍，一定是老師還是教官又打電話來了。基於這個方向的猜想，方才被請到其他地方問話所積累的不安，沒來由地點燃他的怒意。迸升的怒火，交雜著他一時也說不清的，對於兒子們行為不當可能引致的不幸後果，他隨手拿了東西，朝立德跟立仁身上招呼。他的力氣縱然不比當年，舔拭並加劇火勢的外在因素，一切都能合理燃燒。

妻子在旁勸阻，根本壓制不了。

直到她嘶聲一喊，將煮好的湯揮到地上後，鄧文成才愣住停下。兒子們見狀，找到機會也怒氣橫生地闖出門，整個家只剩地面一片狼藉。妻子的表情泫然欲泣，而她的腳背竟紅腫一小片。他拿了抹布想擦，可是妻子卻推了他一下。他再次伸手，妻子卻更用力地推他。

「你幹什麼？你幹什麼！」妻子對著他，「都是你……」

令他驚怖的三個字，都是你。

無數夜裡拷問自己的，再度使鄧文成無語。他到廚房去拿冰塊，妻子斷續說著兒子因匪諜二字，在校跟人衝突的事。

這該怎麼辦？不如我買一盒水果，去跟教官還有同學道歉？

這根本不合理，也不應該這樣。媽，好了，妳別管！

話鋒截斷在此，是他將衝突複製到家裡，鄧文成感到懊悔，可是他分不清究竟是哪一件事更為後悔。

大概因為這樣，兒子跟女兒們，漸漸與自己疏離了吧？

毫不相干的回憶，遺憾的時刻，他也想起遙遠的歲月的某一年，他向姥姥承諾的去去就回。而今妻子先去了天上，反倒是她先跟姥姥見面。不過，她們一定還互相不認識，等著他，等著他去會合……。

他甩甩頭，他得照顧小寶啊！小寶總趴在門前守著，牠很會認人，又常常一張臉那麼開心，村裡的誰牠見過一面，之後再訪，牠是第一個衝去迎接的。

妻子抱來養的小寶，他得讓牠好好的。

後事辦妥之後，鄧文成回到一人一狗的家，努力維持跟往常一樣的生活——照常遛狗，照常依照妻子囑咐的，煮三餐給自己吃，偶爾跟鄰居閒談嗑瓜子下棋。

越來越少戶人家明亮著燈火，住在這個村的人漸漸地歸於塵土，活著的，有好幾個想存老本卻投資失敗，不知去哪了；少數跟兒女搬去寸土寸金的豪宅，邀過他去作客。

他以為自己會在此老死，躺平在床上，等到屍身腐爛後，這村子裡剩下的好弟兄會通知兒子女兒們妥善埋葬他。連後事都想好的情況下，某日竟毫無緣由地接到政府一紙通知，公文上說要重建這眷村，因此所有住戶都得搬遷。他們可以選擇領賠償金或是住進國宅大廈，二擇一，沒有更多。

那陣子家中來電特別多，有些早隨子女遷居海外的，有些是村裡與他一般苟存一口氣的。

怎麼辦？政府怎麼可以這樣？

操他奶奶的，來組自救會啦！

我打算領賠償金，就近搬去我兒子媳婦那。

七嘴八舌的訴苦、出主意，總歸是慌張有之，遭背叛的氣憤占據了電話線路，他握著話筒聽得太多，簡直快耳鳴！難道不曉得他的耳朵大不如前了？

小寶看著他，在話筒旁嗚嗚發出要散步的提醒。

「好了！別說了！」他終於忍不住那人又乾又扁的聲線，絮聒如老鄉群鴉。認為應該站在同一陣線的對方，大概沒想過鄧文成有這反應，在另一端愣住了。

掛斷電話後，鄧文成舒了一口氣，隨後為小寶繫上狗鏈，小寶樂極，開始轉圈踢跳。他跟小寶走進村子裡的小學，又繞進每條巷弄，由於跟往常的路線不同，小寶幾度抬頭望著他。

他只輕輕向小寶說：「來吧！以後我們就不走這兒了。」

小寶動作輕快活潑，這樣的時機下，他凝視著挺拔俊俏的小寶啊，忍不住停下抱住，任牠舔著自己的臉頰。牠取代了某道身影，連妻子也不曾告訴的，某道救贖復活於他的心底。

回到人行道，鄧文成拎了熱騰騰的食物，可拴著小寶的石柱空無一物。小寶？他環顧四周，海邊的人潮少了許多。

他吹起口哨，哨音又長又響，這是呼喚牠來吃飯的訊號。

毫無回應的情況下，鄧文成焦慮後悔，加上沒帶老花眼鏡出門，現在又該從何找起？牠年紀不小了，應該沒有人會拐走一隻老狗才對。他安慰自己，可越走越遠，浮現的假設越偏焦慮。

——會不會牠醒來沒看到我，自個兒跑回家了？這趟公車這麼遠，現在的新家老早就不是有著廣大樹蔭的村子了，牠鐵定迷路！如果迷了路，天色這麼黑，誰會注意到牠？牠不太吠的，該不會被車子撞上了？

鄧文成年紀使然，沒辦法走得快，旁人看他大概正在海邊悠閒散步，卻無人知曉他的內心焦狂不已。他考慮如果回程再沒看到牠，就先去警察局備案。這麼決定之後，鄧文成的步履暫時踏實多了。然而，直到他回到原處，又到公車處繞了一圈，依然沒見到小寶蹤跡。手中提的食物老早涼了，他完全沒心情吃。他問了當地居民警察局的位置，又花了好一番功夫，才找到警察局。

相較於軍人，他對警察還算有好感。之前新建大樓內有住戶鬧一整晚，他撥打電話至警察局，員警沒多久就趕過來處理。這次，他主動地進了警局，坐在最前方的警察正在吃晚餐。

「請問這位警察先生，可以接受報案嗎？」

聽到要報案，警察抬起頭來問：「什麼事件？」那是一位戴著黑框眼鏡年輕的警察，而另一圓墩墩的中年警察則起身站到櫃檯邊。兩位謹慎的態度頓時使他歉疚地記起這趟是棄養小寶之行。

他猶豫應該怎麼說，說什麼？不一會兒入神，勾住食物的手指不小心鬆開，灑出滿地湯飯。溢出的食物氣味引起所有人注意力……。

能住或不能住，能活不能活，一道指令或一紙命令，決定了人生去向。

發出拆遷公告後的幾個月內，經自救會陳情、抗議、斡旋，居民們還是只能依循安排遷移到新建大樓裡。大樓內除了他們村，亦有其他因都更入住的住戶。

從平面搬遷到立體，站在頂樓的鄧文成對於只能低頭看地面車燈殘影感到不可思議。平日見不到鄰居的公寓雖然新，住起來卻很麻煩。過去只要踏出家門，巷口便有不同族群能夠聊天，現在是他得拿著一張備忘，一一記著哪一層哪一戶是誰，才搭電梯去按電鈴。

電鈴多按幾次，旁邊的鐵門就忽然開啟，不認識的臉孔透過紗窗不耐煩地出聲：「要按多少次啦？吵死了。」被這麼不識相的嗆聲幾次，鄧文成的興致大減，索性繭居在家。

起碼還有小寶，他想。然而，不只他住得不慣，小寶也是。剛搬進來那天，小寶數度掙脫頸繩，向門外衝。他費好大工夫，才讓小寶跟家當一起住進。

小寶喜歡跟他一起串門子，自從他住進這地方後，不曉得怎麼少了動力帶牠出門。他看著窗外，好天氣時依稀能見到村子另一邊的圍牆。

牆內世界荒誕依舊。聽聞出獄後的郭廷亮不慎跌下月臺死了，他幾乎忘了同村郭廷亮的臉，其實也從未記得住曾約見他的情報單位人員。現實的世界則是孫將軍長期被軟禁在臺中，十多年前仙逝。

人假若不須交換條件，人可以活成什麼樣兒？

近一個月來，半夜聽到好幾次門鈴響或接到無聲電話，張貼於大門的警告紙條以紅筆寫「不准養狗，否則不得好死」。撕下這張威脅時，鄧文成不曉得對方是要他不得好死，還是要小寶的命？或者兩者都是？這張出現不只一次，他沒向兒女說，亦未向他們提出送養小寶的要求。

說來，他帶小寶到老妻的故鄉，另一種想法只是想藉由命運的偶然，撞出一點機會，說不定牠會遇見一個好人家，如他當年。如此，牠就不必跟著他住不喜愛的公寓，還時時受威脅了。

曾經，小寶四肢健全，尾巴完好，渾身短而閃亮的毛，正值青壯的小寶多引人注目，可惜老了之後鬍鬚下垂，嘴邊出現星點花白，變成一隻好平常的黑狗。即便這些平常，對他來說非常重要，非常特別。

如果要描述小寶，他會描述咬下一枝七里香，像個頑皮孩子在村中繞圈的模樣嗎？抑或只輕聲呼喚牠的名字，牠就會立刻蹲坐下來，伸出手的習慣？

鄧文成瞪大眼睛看著員警，員警要他慢慢講。

意識帶著他回到某個瞬間。

叢林內一批衣服破損髒汙的人，其眼神冷靜兇狠，渾身負傷流血。他判斷對方只剩短刃，準備衝上一搏時，日本軍竟然狡黠地變出一把槍。那瞬間，隊上唯一的軍犬迅雷衝上前去——在異邦神靈的默許下，牠成為子彈的犧牲者。為了他們而死的犬，腹部流出大量鮮血。憤怒激引他們使出自己都料想不到的迅速追擊，殲滅了敵軍。

犧牲的軍犬，鄧文成一度堅持抱著牠前行。

「今天晚餐吃狗肉。」最前方傳來的命令源於隊上糧食告罄。

「嗯。」他至終都後悔那一刻的服從。這是他參與訓練的第一隻，也是唯一一隻軍犬。他當初向上級保證牠對這趟遠征很有幫助，真的。

牠救了他兩次，一次是替死，一次是成為他的血肉。

把牠養回來，重新給牠新的名字，牠是小寶。

嘿嘿嘿，牠就是小寶——牠的孿生兄弟可是建了軍功的你們知不知道？

鄧文成跪地長笑，自己怎會想犯孽放生牠？他直敲著地板，直到手都沾滿了冷腥的海鮮湯汁。

某年・除夕

「爸，你醒了？」

聲音帶進一位身形瘦削，方形下巴，穿著格子襯衫和棕色大衣的男子，他看起來有點疲憊，不過聲音飽滿宏亮。

「我知道你住這裡一定很悶，所以我把 Nico 帶過來了。她剛從學校放學，你看，她今天的打扮。」

「爺爺，你看看我！」女孩甩動馬尾的樣子輕盈可愛，她的臉上有著迷人小酒窩，長睫毛快速上下扇動，嬌俏模樣讓人挪不開視線，直在心頭滑起輕快音符。

她在床邊伸展雙手，踮起腳尖輕輕挪移粉色薄紗篷篷裙，模樣自信又陶醉，好一隻優雅的白鷺鷥。

門在這時推開了，一位穿著護士服的金髮女子推著一車物品走進來，她的身型巨大但微笑溫柔，一進門就跟那位方臉男子交頭接耳。而那叫 Nico 的小女孩飛撲到床邊，仰起煥發著光亮而近乎透明色澤的臉，帶有寶藍紋路的眼珠好奇地上下掃視。

短短片刻，直教人心生憐愛。至少自己忍不住想摸摸她的頭了。

這念頭才剛冒出，他便摸了摸她。她誇張地張嘴笑了，瞥頭說：「爹地，爺爺好像認得我。」

男子對女孩比了一個讚，隨後匆匆結束另一場對話。

「爸，現在身體會不會不舒服？護士說目前還在觀察期，如果之後沒什麼問題的話，就可以轉到之前你住習慣的房間裡。」男子說到一半，有點遲疑，「還認得我吧，爸？前幾天你怎麼了？護士說你發了好大一頓脾氣，翻倒食物，又把房間裡所有東西砸爛了……」

「我是你兒子立仁，這是你的孫女 Nico。你什麼都不用擔心，好好休息養病。」男子伸手覆上他的手說道。此舉讓他留意到自己充滿皺紋與斑點的手，青筋糾結的皮膚在空氣中有一絲乾澀緊繃。他們臨走時，他向準備離去的男人和小女孩舉了一下手臂，不曉得這樣夠禮貌沒？

無人打擾，他躺下。

四周是澈底的白，白色的窗簾，浴室白色的門，門後的洗手臺與馬桶也是白色的，他的床，枕頭，棉被都是。

天花板的白被他盯得久了，他便從中看出一點不同。光潔的白，慢慢出現了層次，像是有物體特別要教他發現一樣，開始產生了陰影。陰影的濃度最初都是淡薄的灰，細瞧著，便有鼠灰色、柏油色逐漸顯影。隨著陰影游移，畫面躍入，有一顆手榴彈朝自己扔來，他的眼角餘光見到有人以槍托揮桿敲擊，在他都來不及別開眼的時刻，產生了爆破。他雙手遮頭，讓自己重重摔進腐爛的植物裡尋求庇護。酸朽的氣味被嗆鼻的煙硝味入侵，他所能感受的空氣瀰漫著極其噁心的味道。

再一眨眼，他眼前出現炒臘肉盤、鮮蝦元寶，一盤盤誘發熟悉感的菜餚在他眼前羅列，冒著白煙的是酸菜白肉鍋特有的酸香氣，肉片和蔬菜在滾湯中不停躁動。有人率先動作——

「爸，敬您。」

聲音像是附耳在旁說的，而高舉戧彩白瓷小酒杯的是剛才帶著可愛女孩的方臉男子，還有好幾位與之神似的男男女女，年幼青壯均神情愉悅，搞得他也不忍心掃興了。

「好，乾杯。」

簡潔有力的回答宛若點睛，一下子讓桌席熱鬧活絡起來，紛紛停下手邊事，朝他舉起精緻小巧的杯子，手伸得老長，直到杯子親密相碰——爸，新年快樂！

反光

1

「我的家只有我跟爸爸，爸爸在工地工作……非常辛苦。所以，我每天一回家就開始幫忙做家事。」

一位轉學生的自我介紹，暫止在五年一班的教室裡。

他的名字是李佑安，瘦削而有著一對大耳朵，明顯的暴牙無比古怪。這是他第三次轉學，在級任老師邀請下，他不得不帶出家庭狀況。李佑安說起話來咬字清晰，或可說太過於清晰，所以製造出的每個訊息都被臺下二十幾對眼睛穿透了。臺下同學們看起來專心直視前方，但僅僅是把他當作一個必須面對的方向，而後努力凝結出聆聽的姿態。直到劉怡君老師拍起手來，用她纖細的嗓音打破臺下的沉默，好，讓我們一起歡迎佑安，這一刻同學勉強伸出手來拍了幾下，隨之，整個班級瞬間進入鼓掌力拚，到最後甚至帶著喧騰歡呼而使得劉怡君老師微笑起來。

這是間位在市中心的小學，李佑安從一進教室起，便能感覺同班同學年紀比他小的事實。他小心翼翼握好書包背帶，坐進一體成形的桌椅，窗戶看起來像是剛裝上沒多久的，純白窗框加上閃亮的窗面，操場上的舉動一目了然。他左右晃動，椅子穩穩地文風不動。從今以後，這陌生的新教室就有他的位子了。他覺得有點安心，這麼新的窗子讓窗外的世界離得好近，他沒事就能偷看一下，或者決定哪一節下課要衝出去玩。

可是，前提是有人想跟他一起才行。

2

新校園四周是依圍牆而植的樹，不鏽鋼製立牌上標示樹的科名、學名、原產地、分布、特性。猜謎般，李佑安低頭瞄準沒見過的樹名，再循著根部往上看，可能會印證一株眼熟的樹，或是從未見過的驚喜。

李佑安更小的時候住屏東高樹鄉下，通過家門前的圍籬，就能撞見聳然山巒以異常鄰近的姿態守護著大片作物，夏天鳳梨，冬天蜜棗，還有一部分的檸檬田。他特別喜歡騎著那臺調整坐墊後勉強搆到腳的單車，奮力踩踏後，滑進其他鄉間小路。時不時村裡阿伯駕著粗勇的農用車迎面而來，遠遠地，他搖手打招呼，再轉到其他巷子裡去。

騎單車也能確認正在山腳移動著，渺小但卻又似被允許無止盡向前的快感。風打在臉上，青草氣息不停竄進鼻腔，有時也會不小心聞到養豬養雞戶的臭味而犯險仰面騎車。當他這麼做，全幅藍天就無拘無界為他展開，讓他著迷到忘了要躲一下穿透藍天的日頭，所以被阿嬤發現時，早就紅腫晒傷，不免痛上好幾天。

記得他跟鄰居哥哥比賽誰能直視太陽最久。

「猴死囡仔，你著較撙節咧，莫傷超過！」阿嬤的口氣一點都不兇。李佑安知道被罵之後依然能繼續飽餐與玩鬧。阿公阿嬤除了偶爾要他幫忙田裡的活兒，其他時間李佑安只負責爬樹納涼看風景。當然不會錯過的是不遠處的粼粼小溪，溪旁緩坡可供他夏天游泳，及膝水流緩緩流過時，微妙的波動感會推走黏膩與煩躁，慢慢溶解於水中那般，起身時，他會感覺內心好乾淨。赤腳上岸，踏在大石頭上，盯著水波折射出的細碎光線，直到腳底風乾，才又一路踩著拖鞋回家。

自由自在地跟水與樹玩耍的時光，李佑安沒想過之後再也不被允許。

所以，當他開始單獨與爸爸住在租來的地下室，心情格外悶悶不樂。

滿布大型廢棄床墊、缺腳椅，各色塑膠袋一包一包堆放的地下室，走道空間跟雜物爭道，依稀看得出殘破而被拆除到一半的商場痕跡，在這情況下，房東又隔出蜂巢般狹小的住處空間。第一次到來的李佑安捏著鼻子也摀住嘴巴，他深怕任何陳年潮溼下滴的水，不小心就進了他的嘴。

住在這，還有隔音極差的缺點，他經常聽見隔壁的八點檔，或不同語言忿忿交叉對罵。他不覺得這裡是家，更正確來說，他一心渴望搬回鄉下。可是，他不敢提。他不敢的事可多了，他不敢說自己想養貓，不敢討誰來實現自己的生日願望。

某日，他在撿來的電視上看到四隻可愛動物從動物園漂流到馬達加斯加島的卡通時，他改變心意，許願總有一天要去這麼特別的小島！李佑安曾把它當作生日第三個願望，不能對著蠟燭說出口的那個。

只是，第一個和第二個願望爸爸也沒時間氣力聽，高空作業下了工的爸爸倒頭就睡。

拿不準爸爸回家時間，李佑安多半只得把微波過的便當再收進冰箱裡，「爸，便當我放冰箱，記得吃。」他拍了拍倒在沙發上爸爸那觸感過硬而隆起的背，鼾聲連連的爸爸那陣子老是說需要加班，因此他獨自吃便當的機會越來越多。門外塑膠袋是專門放清洗過的便當盒，他通常還會累積其他瓶瓶罐罐，交給附近一個做回收的阿婆，請她幫忙換錢。

「囡仔栽，阿婆遮爾仔艱苦，敢好勢叫阿婆給你錢？」第一次阿婆拿藤條想教訓他。

隔沒幾天，拐著腳的阿婆在路上看到他，把他叫過去，給他幾枚銅板。

「謝謝阿婆。」李佑安高高興興地把一、二塊錢投進家中的小豬撲滿。存錢是為了將來，他始終記得媽媽的話。

至於上學應該也是為了未來吧？未來什麼樣，他不知道。現在和過去的學校，他都是自己去。每換一間新學校，他會用最快的方式摸熟路線，能正確找路，準時上下學就算達成任務。

做好這個，去哪對他來說都一樣。

3

那天體育課，起鬨聲如野生動物般破出樹叢，朝他狂馳而來。

「來，請大家自己分好組，今天要打躲避球。」身形壯碩，小腿發達的體育老師如此宣布。歡呼聲如流彈，隨即讓難得空蕩的綠色塑膠球場變得熾熱刺激。少數幾個女生願意玩，舉手想站外圍，不過多數都選擇退到操場角落，她們知道老師會容許。

李佑安有點為難，因為他不想玩躲避球，班上卻沒借用其他球類。他的體育褲宛如套住空蕩蕩的鉛筆，時不時在強勁的風中飄揚。他有點怕未來的身高會與爸爸一樣，只勉強到一百六十八公分。

「很遜欸，你是跳不起來喔！」結束這場躲避球賽的下課時間，同隊在操場堵他。剛才那局，對手看準他跳不高，所以球一拿在手上，就朝腳猛K。他舉高雙手，滑稽地想接住，卻又屢屢被砸。

「我看他是舉不起來吧！不、舉、啦！」康樂股長提高聲調。

哈哈哈哈哈，一群人放聲嘻笑，日光陣陣浮盪，集中李佑安身上，使他胸口極其灼熱，連帶他的脖子、臉頰與眼睛也如此熱得不安，有如運動服燒出一個大洞，而且他想不出反駁的話。

「嗯，不要這樣說話。」李佑安注意到這聲音是班長，他前進的雙腳舉在半空，停頓了一下——「小心他跟妖婆告狀，到時候還要被叫去訓話！」班長的發音字正腔圓，她老提起自己國語競賽得名是因為在北京跨國公司上班的媽媽訓練的。

汗水從髮際一路溜到他的眼睛，他的記憶馬上回到幾天前，突然舉手發言的班長打斷了正向大家解釋減法的老師，「老師，您可以讓李佑安坐在最後面嗎？他坐在這麼前排，擋住後面所有人的視線，我們上課根本就看不到黑板。而且，您看他也為了避免影響我們，還刻意駝背，這樣對他的身高跟學習也不好。」雖然只有一秒，但李佑安留意到突如其來的舉手發言讓老師不耐煩。他想反駁自己沒有駝背，也沒有遮到誰。可是他連反駁都還沒，放肆非常的笑聲已讓整間教室微微發出嗡嗡聲。嗡嗡聲跟鄉下的蜜蜂們完全不一樣，不停歇的聲浪微震著皮膚，極緩速地扯動，讓他不自覺起了雞皮疙瘩。他握緊拳頭，感覺全身骨頭振動。接在班長後起頭笑鬧的人是班上的風雲人物，黝黑高壯的排球校隊一員，粗如樹幹的身體伸出雙掌，使勁拍手，一個，兩個，三個……成陣而富有節拍的共振，把人鎖在不可逃離的幻境中。李佑安一開始想摀住耳朵破口大罵，就像過去在其他學校所做的一樣，但通常這麼做的後果──那些人的爸媽馬上會聞風趕到，強抑邃暗怒眼，表現訓練有素的演技──「我們家弟弟這麼有禮貌，當了好幾次班長，老師，妳不是知道的嗎？」「怎麼可能是我的孩子？她對同學一直很好，還常常邀請同學來我們家。我三天兩頭就要訂 Pizza，買飲料來招待。」那眼神溜轉的方式，讓他聯想自己的喉嚨被這些大人擠進一顆龍眼籽，使他胸口脹悶，差點窒息。

不願意把任何屬於自己的東西交給別人，就算是這種喉嚨緊緊的感覺也不肯，這是李佑安的怪癖。於是，他鬆開想朝班長揮拳的手，盯著球鞋邊的雜草，特意沉浸觀察著不知名字的綠意精靈。

此際，上課鐘聲驀然響起。班長不再管他，轉身大喊：「回教室了啦！等一下是社會課，今天負責還球的是誰？」

李佑安鬆了口氣，只見同學們四下奔馳，他沒有移動，反倒原地蹲了下來。他的身體罩住雜草，陽光則在後背赤焰。發呆的時間裡，他注意到一株指甲般大小的花有別於其他綠色植物，在風中微微擺盪。為什麼會出現這朵花呢？李佑安靠手指發問，沒有得到答案。凝視著淡紫色花瓣，伸手去碰了碰，感覺指尖傳遞了奇異的柔軟。這一刻，喧噪的笑聲不知為什麼遠了一些，隔在記憶之外，或者包裹在指甲之內。

李佑安再抬起頭，發現整座操場彷彿瞬間收去所有聲音，被綁緊在一個無形的布袋中，而他是那尾漏網之魚。

上課多久了？

經常一上課就出來巡堂的主任不在，屈身修剪樹籬的工友伯伯也沒現身。他掃視著，訝異如此寧靜的時光，這讓他想起爸爸曾帶他去看的大海。只要夏天去海邊，空氣中就洋溢著烏雲散去的清爽感，亮晃晃的日頭把一切照得無所遁形，他一眨眼，發現籃架、單槓、鞦韆，甚至老是掀起一角的沙坑起跑點也都呈現著不太一樣的光澤，彷彿一摸就蘸上油彩。他伸出食指，隔空撫著這個月以來每日見過，卻一點也不熟悉的景色，想像它們如同小時候媽媽特地買給他的那盒樂高玩具，被他鎮日捏在手裡任意搬動組裝，他就是這個小小世界的創造者。還有，就算是亂組合的畸形房子也會被媽媽稱讚，想到這裡，李佑安愉悅地笑了。

後來，搬了太多次家，這盒玩具就消失在某趟旅程中。那時，他著急大哭，正逢晚餐時間卻什麼也不肯吃。他哭得兇了，忙卸行李的阿爸撥開頂到天花板的紙箱，大吼：「只會哭！再哭你就給我滾。」李佑安噤聲，趁阿爸忙著拆箱擦拭桌椅時，滑出鐵門。下了樓，陣陣聾耳的噪音隨滿載砂石的卡車，震得他腳掌麻麻的。他邊走邊覺得雙眼刺痛，知道那些被他拆掉過，重新組合的公園、泳池跟哥吉拉都不會再回來了。在這條路上，怎麼可能找到那盒玩具？他心知肚明，卻只想發脾氣。

總是笑嘻嘻的媽媽很少對他生氣，她唯一一次發怒是因為他說了謊。除此，他知道媽媽會一直牽起嘴角，幫他紮好衣服，用輕柔的口氣對他說：去上學吧！

好想再聽一次，李佑安這麼想著，往前不停邁步，直到自己可以走近抱住剛來這間學校就喜歡的鳳凰樹。

腦中淌過一川水流，他吸了吸鼻子，阻塞的鼻腔讓他難以動腦思考。

這麼多年以來，他反覆夢見自己拋下阿公阿嬤往前猛衝的那幕，醫院自動門打開，床上是媽媽，好幾位護士醫生圍繞著她。他向前狂奔，沒注意到一旁還有護士，撞個正著，他的鼻子痛得不得了。

李佑安抓緊床沿，他最愛的媽媽臉色比牆壁還要白，眉間的皺紋很深，他握住媽媽的手，輕輕搖晃。一會兒，他又把手放到媽媽的額頭，反覆地摸著。

媽媽沒有任何反應。

爸爸才準備摟住他時，他回頭奔向醫院門口。阿公阿嬤愣住，出聲叫他，而他仍舊不管他們，拚了命地向前。

他不相信他不能跑得比上一次更快。

一次又一次，李佑安向醫院自動門跑去，直到最後一次回到終點時，媽媽已經不在了。

4

「你去哪？這麼晚回來！」一回到家，李佑安意外爸爸坐在客廳，手中拿著蠻牛和威士比。

面對爸爸拋出的問句，他直起背脊，「我跟同學去爬樹，下午本來要去河邊玩的。」一開始見到表情黯淡的爸爸，直覺會挨罵，這不是他第一次這麼做了。

「下次再這樣，你就給我到屋子外面罰站一小時。」

爸爸警告他下次罰站，李佑安不敢問能站在哪？這個家位在市中心卻租金便宜，由於離工作地點近，爸爸願意忍受住在髒亂且沒有衛浴設備的地下室。這兒空間小到不可能罰站，日常使用的盥洗設備還得到一樓那違法加蓋的浴室。除此，上樓前需要花點時間把每日增生的雜物堆挪開，實在有點麻煩。

住在這個地方久了，李佑安不再這麼排斥，只是，同學都說他身上有股味道。有嗎？李佑安仔細聞過很多次。

他只是偶爾在運動服還沒乾又沒辦法的情況下，把它穿到學校去。

「老師，你有沒有聞到什麼怪味道？」

李佑安知道在說他，可是他覺得自己不過是沒那麼香而已，阿公阿嬤下田之後，也是這樣啊。多半時候，老師們會假裝沒聽見同學的問題，只除了一次，一位對氣味敏感的老師命令他站到教室外上課。

不過，能站在外面對他來說是幸運的，他不用無時無刻被盯著，反而能夠東張西望，偷看別班在幹麼。他自由慣了，爸媽從小是不太管他的。唔，與其說不太管他，不如說是很少見面。爸媽為了攢錢選擇去城市工作，媽媽在工廠當作業員，爸爸在高空當洗窗工人。他被放在阿公阿嬤家，漸漸地跟鄰居玩在一起，自由自在說臺語、不穿鞋，有時李佑安會錯覺自己原來就出生在充滿果樹的地方。

唯獨一次，爸爸媽媽特地來接他，替他帶好新水壺和帽子，說要出遠門玩。

那天一家人搭火車，轉客運，一路抵達最南端的沙灘跟海。

李佑安首次踩在海水中，海的顏色帶給他深刻的神祕感，而近岸的浪花是成千上萬熱情的小狗，從遠處狂哼而來，心中浮現的莫名快意比看見阿嬤家旁的小溪來得更讓人興奮。當這念頭才浮現，就被潑了海水。李佑安感覺背部驟涼，原來是爸爸。他彎下腰來反擊，臉卻吃了另一個方向的水。媽媽撩高裙子，繼續潑溼他的臉。

「不公平啦，一比二耶！」他抱怨著，朝著媽媽潑去。

「小子，你敢在太歲頭上動土？」爸爸使出絕技，讓他咯咯笑出來，因為連續高速的潑水好像一股巨浪，讓他一瞬間站不穩，跌到沙地裡。

哇哈哈哈哈。

哈哈哈哈哈。

毫無拘束的笑聲真的是爸爸迴盪出來的嗎？李佑安很驚訝。

那天，爸媽一人一邊牽著他的手，說吃什麼都可以。

「那，我要吃王子麵！」此話一出，讓媽媽笑出聲，「還有漢堡跟薯條喔！」

咬下熱燙燙的麥克雞塊，再舀一口聖代，他吃得滿嘴都是，甜鹹味道同時炸開，他記得自己笑得很滿足，因為吃完之後，爸媽又讓他待在遊戲室跟其他小他好幾歲的小朋友玩耍，那是他第一次嘗到麥當勞的滋味。

彩色的球無邊無際，他一跳進去，就感覺做夢般的氣味籠罩他。他爬上滑梯溜下，咻地衝進球池，惹來其他小朋友抗議，他卻益發覺得有趣。下一回，他加入了歡呼聲，發出誇張的吶喊。

好了好了，這位弟弟，你要不要先讓其他小朋友玩？

當滑梯幾乎變成李佑安獨占的堡壘時，一位穿著制服的阿姨拉住他。他撇撇嘴，覺得掃興，主動離開了遊戲室。外頭等著他的爸媽沒講什麼，只是說該回家了。

回程路上，他跟爸媽一樣準備搭公車。不過，這趟公車卻等得特別久，久到他都睡著了，爸爸的大手才又搖醒他，帶著迷迷糊糊的他到車上繼續睡。睡夢中，他走到一片浮著金光的大海，自然而然地，躺下就浮起，在平靜無比的海面上，他故意忽略海鷗低處徘徊的叫聲。

那次出遊不應該那麼貪睡，李佑安有點後悔，至少再跟媽媽多聊聊天的。

現在，李佑安把書包放在客廳椅腳，打開塑膠袋，將魷魚羹倒在保麗龍碗中。二手電視上播映新聞，共有三起車禍，一件殺人命案，一群人的抗議遊行，還有其他明星的八卦緋聞。當新聞畫面拍到酒駕者被員警盤查仍歪歪斜斜地站著，李佑安偷偷看了爸爸一眼，那緊繃的臉部肌肉很明顯。

如果要問他，李佑安打從心底痛恨酒駕。他不知道喝酒的感覺，可是一旦想到那個違規酒駕的害死媽媽，他便質疑起這些人憑什麼活在世界上？他的心情，永遠不可能被酒駕肇事的人了解。這一點，讓他不論是不是刻意想起，都存在錐刺的胸悶疼痛。

媽媽躺在急診室的那一天，當他反覆來回崩潰奔跑時，定住不動的爸爸忽然衝出去。李佑安停住，他隔著人牆聽到沉而悶的聲音，之中間或傳來——打人了！打人了的驚呼聲。李佑安推開人群，只看到爸爸那如失速汽車高速驟然的拳，被別人從後方攔截下來。

另一幕是親戚朋友都來看媽媽的那天，親戚握住爸爸的手，或者抱著爸爸掉眼淚。突然，像是一則特別節目，兩個老人陪著一個穿著短褲的年輕人突然出現了。爸爸還沒說任何話，四周忽然閃起閃光燈，此起彼落的強光下，年輕人鞠躬得更深，神情痛苦扭曲。李佑安鼻涕眼淚直流，他知道那人是騙子，眼神看起來完全沒有生命。

撞死媽媽的人離開，前來弔唁的大人們離開，李佑安感覺自己的生命被偷走好多東西。他看著爸爸慢慢地，一張一張數著白包內的奠儀，按照鈔票大小放好。不知為什麼，李佑安曉得那都是隨便黏到他們身上的膠帶，根本沒有人看到破洞在哪裡。

後來，爸爸被年輕人的爸媽一狀告上法院，理由是在醫院裡揮拳傷害。透過律師周旋了很久，對方才同意和解。

經過這些事，他覺得自己跟爸爸住比較好，起碼他知道自己可以替工作到很晚的爸爸做做家事。

好幾次，他在夜裡驚醒，發現床的另一邊沒有爸爸。他走近房門，拉開一條縫——桌上站了幾支啤酒，鋁罐玻璃罐。李佑安沒有走出去，只是一直看著爸爸喝到酒罐全空才頹倒下來。在眼皮縫隙緊閉前，李佑安的腦袋轉啊轉的。爸爸怎麼跟那個喝酒撞死媽媽的人一樣，跟這些瓶瓶罐罐糾纏不休，喝著同樣會造成悲傷的酒……他有點擔心爸爸。擔心的事還沒完整想透，他就見到爸爸呈大字形攤回床邊，毫無防備地展開。

5

來，各位小朋友注意聽老師這邊，今日發下上個禮拜寫的作文，老師要特別朗誦一位同學的作品，他寫得非常好。

正把頭伸出窗外鋪掛著的李佑安，視線朝向無窮的那點放射、收斂，他沒留意到老師竟在國語課堂朗誦起自己的作文。事實上劉老師帶著奇異的抑揚頓挫，流暢地吐露每個字，正讓原先轉頭聊天的人，一一停下。

我的爸爸在城市最高處工作，他得整天站在吊籠裡，被繩子高高懸在半空中，進行他的工程作業。為了安全，他得戴好安全帽跟確保防護繩，並且每天檢查。他經常說，自己的工作會跟雲很接近。我猜，從他站立的角度往下看，每個人都像是一個小小的標點符號，看不出喜怒哀樂。休息時間，他一邊吃飯糰一邊眺望遠方的景色。天氣好的時候，他會看到海。如果能夠欣賞到美景，這是他最大的快樂。

我曾經問過爸爸，為什麼他願意當高牆清洗工人？

他說，因為這份工作讓沒什麼學歷的他可以重新開始。（老師頓了一頓）

至於工作的困難，我爸爸說每個人都會遇到，像是常常遇到狂風亂吹，眼睛要忍耐陽光照在玻璃上的反光，還有誤觸電線或是高處墜落的危險，這些都是爸爸工作的一部分。於是，他準備了墨鏡跟口罩，長袖衣褲跟一顆謹慎的心。

雖然，我還是很希望有一天能回到鄉下住，可是正因為爸爸是一位勇氣十足的鬥士（老師提高了「鬥士」二字的音量），他沒有放棄，所以也讓我漸漸習慣在都市的新生活。

希望有一天他能帶我搭上吊籠，我也想在半空中俯瞰這座港都城市！

劉老師念到一半，他才回神意識到那是自己昨天趴在地下室餐桌完成的作業。這麼一來，同學驚訝以及一點讚許的目光露珠般滾落到胸膛裡，他感覺身體成為一個容器，不停收下同學投映出來的晶亮。那日穿著紅色洋裝的劉怡君老師若無其事地把作文本闔上，建議李佑安有時間多去圖書館借書。繼而，便冷不防地要大家為這篇文章鼓掌。下課時，坐在他前方的女生轉過頭來，問起他平常都看什麼書。

他答不出來，因為他不是愛看書的那種人，這次只是剛好題目是「我的家人」。

「欸，那下次有什麼好看的，記得借我看喔。」

「喔好。」

好白癡的回答喔，家裡根本沒有半本書啊！

這日走在回家路上，李佑安腳步隨之輕快了一點。這算他在這間學校的第一個朋友嗎？他記得那女生綁著雙馬尾，身材嬌小，在班上是不算起眼，但也有好朋友的那種人。

那自己呢？他是哪一種人？

他想到自己的名字跟那篇作文被老師牢牢地黏起來，其他人的表情好像是第一次聽到這個名字一樣，好好笑！

李佑安忍不住撿起樹枝，朝空氣刷了幾下，很用力很用力的那種。

6

自從劉老師五年級時在全班面前朗誦了他的作文，李佑安就真的開始到圖書館借起書來。看的書多了，他的成績不再吊車尾。現在，他跟同學的關係比較平靜，即使生日時沒有受到邀請，但他起碼知道誰住在哪裡，誰的家裡有什麼游泳池啦，健身房這類的。他心中咋舌，心想自己只要附近能夠有個公園讓他爬到樹上休息，這樣就差不多可以了。

出乎所料，六年級開始，收入穩定些的爸爸帶著他搬離地下室，改租起地面上相對明亮的一般公寓。公寓屋齡高，可至少日光照得進來，李佑安跟爸爸簡單打掃一輪，有了乾淨的地板，他便在未拆箱子旁沉沉睡去。搬家後，讓他開始期待甦醒。

老師曾說，光線是人類能夠以眼睛辨識萬物形狀色彩的關鍵。他總想著，不管忘了或忘不了的夢，總要有明天全新的光線，替自己剝除黑夜。因此鬧鐘響起後，他還會待在床上讓光影輕輕動作，再揉揉雙眼，任由光線替自己清除藏在眼瞼內，前夜遺留的夢。
不知道爸爸都怎麼對待自己的夢？
他知道這陣子爸爸負責清理的大樓離家很近，就是這一帶成林拔高的新建案，廣告曝光得很兇，除了斗大看板和布幕，上學途中也都會看到舉牌，上頭寫著幾房幾廳九百九十萬起，兩千萬起不等。超過千元對李佑安來說就算天價，萬元、百萬元、千萬元這樣的數字只出現在數學課本，不屬於他的生活。
倒是爸爸時常對他說，總有一天要買下屬於自己的公寓。
李佑安看著爸爸翻閱房屋仲介塞在每戶住宅信箱的廣告，試著比較最合理的價格，但他曉得，這一切都跟卡通《馬達加斯加》沒什麼兩樣，只有在說的時候跟看的時間裡會感到快樂。
「阿爸，你想欲買厝喔，那阮會當揀一間靠海矣嗎？」李佑安問。
「海喔？你真愛去海邊迌迌唷，會使，阿爸買予你。」他抬頭看著爸爸，「那……我攔袂『私人沙灘』。」

「放心，這擺阿爸包穩你佮意，佇新厝了後，你會當隨時佇彼爿海邊做『日光浴』。」

父子倆呵呵而笑，每次如果像這樣聊開了，他們可以一整晚繼續發夢。

李佑安喜歡現在爸爸稍微恢復的鑠鑠光度。這次，換他來給爸爸生口禮物。五年級靠著給阿婆瓶罐回收，整整一年都存下零錢。殺了小豬以後，數數竟有兩百多元。他想替爸爸換一副墨鏡。雖然會是一副不太值錢的墨鏡，但至少是新的，還是能遮住從大樓玻璃反射出來的光吧？

光能夠讓人看見，可是光也有機會讓人失明。

這也是老師告訴他的事。

7

夜裡，李佑安做了一個夢，跟平常都不一樣的夢。

夢中的他，臉上戴著閃電圖騰的面罩，胸口安裝了各種武器按鈕，雙腳也暗藏機關，身後披掛一件很酷的紅色披風。

最重要的是，他站在整個城市最巍峨的高塔。這種時刻，他不需任何防護與動力，在車水馬龍的龐大車流量行進的當下，右腳一跨，整個人放心垂直墜下——蝙蝠俠、閃電俠、驚奇四超人、蜘蛛人，所有超級英雄都比不上自己的速度。眼看就要撞上疾駛而來的大貨車了！此時，他按下身上按鈕，霎時，一股風穩住他，他毫無阻礙地來到了地面。

落地的震動讓附近車輛偏移了角度，紛紛交錯煞止。他則仰望上方，準備解救那位驚恐萬狀的少女。沒錯，她被城市最惡名昭彰的黑幫綁架了，而他就是最後的王牌。

正當他充滿信心與力量地往上直衝，將雙臂攤開來要承接少女時，沒想到窗口伸出一隻手，推離少女。他轉身俯衝得更低，並且，彈射出一個大網。就在千鈞一髮的生死交關時刻，網子沉重了起來。

他用最慢的速度，輕輕地將少女帶向地面，並親眼確認她安然無恙。

謝謝你。

少女的脣像櫻花瓣柔軟，握住他的手細緻滑潤。此時，歡呼聲四起。然而，一道尖叫突至，令他重新警覺起來。回頭一看，原來是正在高空作業的清理工人面臨繩纜斷裂的生命危險，傾斜的吊籠在陣風中搖擺不定，而他們顯然沒有任何防護。

於是，他使用腳底噴射氣體功能，直達二三十層左右的大樓玻璃帷幕外，伸出掛勾，將兩位中年大叔和自己牢牢繫住。在降落過程中，他極盡可能平衡自己，避免傾斜而錯失安穩降落的機會。

這項複雜任務完成的當刻，高樓上的吊籠應聲落地。

總算成功解除危機的他再次招手，向四周瘋狂叫好的市民點頭致意。他揮手的幅度越大，越是聽見貫耳的掌聲，他是新一代城市英雄。

重新戴上墨鏡，保護自己能在刺眼的車燈霓虹燈強射下高速移動，咻一聲，他朝著某棟嶄新光亮的大樓飛昇而去。佇立於城市最高處，玻璃帷幕中的自己高大自信，身材不再瘦得可怕，而是高大得讓人信賴。

就在此時，他聽到了大片玻璃碎裂的聲音，驚醒過來。

8

最近的夢是脆弱的，李佑安一離開眠床，整個腦海就慢慢被掏去那些關於夢境的細節，又流到另一個地方去了，而且夢的形狀越來越奇怪，讓他心生不安。

以前跟阿公阿嬤住，無夢好眠。

唯一會做惡夢的時機是高燒。

每當發燒，阿嬤就會用她長年務農的粗糙雙手放上一袋冰塊，撫摸額頭看看退燒沒：「緊睏喔，緊睏喔，睏飽才有精神。」

他還在床上休息等燒退，阿公阿嬤老早出門下田去了。一人待在房間裡，他的病牽引著夢，持續地不停地繁衍孳生，一顆一顆冒出的水珠，越來越多，多到入侵現實，降下大雨，把阿公阿嬤都趕回家了。

當家中瓦斯開關聲響起，李佑安便會循著又香又溫暖的氣息起身：「呷啥好料？」

「恁來看就知。」那愉快的邀請聲音慈祥親切，讓他忍不住下了床，想一探究竟。

鍋子一掀開，竄出的蒸騰白煙冒啊冒的，彷彿永無休止。

他根本看不見鍋子裡煮了些什麼，「遮是啥？攏總看莫。」

「有啊，你做代誌就愛較頂真，擱再影一時仔。」

聽取建議，他整張臉埋入煙霧之中，感受煙氣在裊繞的時間裡產生了空隙。鎖定了幾秒的空隙，強烈的好奇心促使他探測空隙後的情況。然而令他失望非常的是努力徒勞無功，他只能看到煙霧。香氣仍讓他口腔內的口水隨進食欲望而分泌，腦中散布著所有可能想得到的食物，它的光澤、形狀、擺盤，還有散溢至空氣中的強烈氣味，驅走了無色無味而持續帶給他無窮的渴望。

哪可能吃到好料？李佑安苦惱著，甚至有點生氣。

才這麼想，一道急促尖銳的門鈴響了起來。他不耐地回應，好啦！只是他的反應沒有讓門外按鈴者停下，反倒更加猛烈地往深處擾動。

起身前一剎，他忽然醒悟到，是夢……。

快速地四下辨識聲音來源，那是個陌生的電話號碼，接起，他聽到劉怡君老師的聲音，有一瞬間他以為是自己忘了去上學。但是，老師帶來的消息遠比他想像得更加震撼，他昏沉的腦子被金屬棒毫不客氣地敲擊，因為痛極而醒。

9

入座後，計程車司機便頻頻透過後照鏡瞄向李佑安。從司機角度看來，難免心生懷疑，這個年幼的孩子究竟為什麼一個人來搭計程車？時間點未免也太晚了。他說要去醫院，卻沒帶包包，該不會要坐霸王車吧？他一連問幾個問題，都聽不到孩子確切的回答。他忍不住想再試，可是又察覺這孩子的臉色灰敗得可怕，且有點失神。他的嘴唇不只蒼白，還不知為什麼一直蠕動著。

抵達醫院時，那孩子砰地開門，差點撞翻一旁的輪椅病患。

司機大喊，喂！喂！小朋友，你不能這樣就跑走啦！

背影消逝得如此迅猛，司機只好悻悻然離開。

另外一頭，握著手機橫衝直撞的李佑安，螢幕上有十多通未接來電。都怪自己午睡太沉，以致錯過了電話。問了服務櫃檯，他奔進電梯裡。電梯之中有病人渾身不動地躺在病床上，一旁的護士幫忙拿著點滴，李佑安瞥見插滿管線的陌生人，那對眼睛模糊混濁，膚色沉黃，他撇開眼神，不想跟人對視，於是轉而低頭盯著過大的夾腳拖，這雙沾滿灰塵的拖鞋與醫院格格不入。

他應該要用這雙鞋子走去便利商店，幫不時需要他跑腿買痠痛貼布、維士比、金牌啤酒還有口香糖的阿爸的忙。

差不多快被他超越身高可是體型相較起來壯碩兩倍的阿爸。

有時候很兇但大多時間還會開玩笑的阿爸。

這一刻，李佑安忽然想按下別的樓層鍵，不想急著尋找阿爸。如果到了二三七號房，搞不好什麼也看不到。

他的知覺被和緩地截斷了。

電梯門開，電梯裡的其他人看著他，等著他走出去。

他與他們對視了半秒，李佑安還是選擇衝出去。

等等——再等我一下——

10

燋鑠且刺眼的光源讓人幾乎睜不開眼。放棄抵抗，閉上眼睛的時光裡，他感覺空氣中瀰漫著雨的氣味。

為您播報最新即時氣象，目前本地雖然沒有受颱風直撲影響，可是特別提醒您，外圍環流影響的關係，將造成各地有明顯較大的雨勢，特別是山區、海邊……

——撲通，墜入水面的聲響劃開氣象播報的聲音。

一隻手按了 Off，喋喋不休的下一則消息澈底消失。

世界是軟凍，在之中意識彷若蒙上一層怪異薄膜，進入極度張弛的收放運動，凡不安的、焦慮的，將持續被撥動到其他方位。

想欲繼續無？

閣較深入矣？

手向下比劃，眼睛半睜，光線猶如斑紋，在水中綴飾著不同彩度和寬度。渾身能感受到的冰涼，漸漸讓胸口產生寒意，就那麼一刻，雙腳向下踢出，整個人便浮上了水面。

哈呼哈呼——喘息聲從口中與肺部大力呼出。

這過我會使禁氣五分鐘矣！

阮以前做兵攏是十分鐘起跳。

阿爸滾耍笑。

袂信得，就來輸贏啊！

較停仔，袂當勉強啦，阿爸先來休睏。

一名少年扶著跛腳男子從海中往沙灘上走。身在幾乎無法直視的光線中，穿著泳褲的他們低著頭，一步一步緩緩地走著，乳白色的沙灘留下一個個略深的印記。

當他們走到遮蔭處時，風忽然猛烈吹來，於是，飯糰旁邊的草帽掀起，飛落沙地。遲疑片刻，那頂帽子又被風帶往更遠的地方。少年似乎想起身追逐，男子不知道跟他說了什麼，少年便開始拔腿狂奔。男子待在原地，若有所思。

瘦削非常的少年，遠看著就只有修長無比的四肢正在移動，宛如被上了發條，能夠一直奔跑到沙灘的盡頭。這是少年心中近乎歡樂的願望，而且他果真順利地抓到帽沿，找回了自己的帽子。

少年徒步輕鬆地回到男子身邊，坐下。抓起飯糰，一起對著大海慢慢吃著。

與岸交接處，浪花激動地洶湧而至，遠方的訊息似乎到了這個定點就喧騰起來，規律地前撲與後退，每一個瞬間都是形成潮音的元素。

幾乎不存在颱風的預感。

正值七月的陽光照耀在海面，由紺青推移到靛青，在每一秒的擾動下，反射出劇烈而深邃的靛藍。

11

簽　呈

主旨：本校○年○班李○安，符合本校急難救助金辦法，級任老師為其委託申請人，代為申請之。

擬辦：

一、事件原因：

李○安爸爸為高牆清洗工，日前因頂樓安全繩索鬆脫，故清洗到接近地面的樓層時，吊籠崩落，造成意外。

經醫院診斷，該生爸爸雙腿均有粉粹性骨折，左右側骨盆嚴重挫傷，經緊急搶救治療，目前已由加護病房轉至一般病房觀察。

工程單位雖替該生爸爸保險，然理賠額度不高，且依工傷造成的住院費用及短時間內無法繼續進行工作等條件，由級任老師劉怡君代為申請校內急難救助金。

二、檢附○年○班李○安資料如下：

（一）申請表

（二）戶口名簿影本

（三）在學證明

（四）診斷證明書與醫療收據

（五）李○安與爸爸二人所得及財產清單正本共二張

三、祈請　鈞長核可。

紅色公文卷宗被打開後，有一雙手慎重地捺入印泥，在簽呈上蓋了一顆飽紅的章。

第三次警告，冠昇五金行

※

「冠昇五金行」的招牌老舊蒙塵，以完全不引人注目的白底藍字樣式懸掛於街口。同排其中一戶開張一間新咖啡館，經營得有聲有色，至少觀光客淨是往那方向喳呼而去。

說來，老闆郭振發考慮把棒子傳給兒子，時機差不多了，問題是兒子不想接，還斬釘截鐵地說：「要我接這間店，我不如去 7-11 打工。」這句話讓郭振發差點氣得要趕他出門，兒子卻先發制人，拎上背包說要去同學家做報告，晚上不回家睡了。

郭振發為之氣結，這唯一的兒子從小意見特別多，也沒見過他對自己的人生有什麼規劃，還說想去打工？就看 7-11 會不會錄用你！難以解氣之下，他胡亂按開電視遙控。連續幾家電視臺的畫面都是關於世界運動會籌辦的消息，他定睛一看，議員跟市長對大型運動場館的建置一致發出信心——

「預計興建的主場館一定在預定時間內蓋好，這棟場館呼應綠色環保概念，整片屋頂採用太陽能板，是全球第一座具有太陽能發電容量的運動場。這次的國際賽事，中央到地方，籌劃多年，耗資百億，更召募逾五千名志工。我們估計會吸引更多國際觀光客，而未來也將有飯店業、百貨業搭配的大型活動，到時希望各位民眾多多參與，讓這裡更國際化，讓這座城市更好，大家說好不好？」

郭振發聽著這種發言，嗆了句：「政府誠臭煬！」他的身後便傳來陌生問話：「請問，頭家有佇咧否？」

轉頭一看，是位穿襯衫打領帶的中年男子。

「請入內看，請、請！」他把對方當作上門顧客，熱情招呼起來。

「不用了，謝謝。我是想請問，這附近是不是有咖啡館？」

原來不是來購置五金材料的客戶，他沒好氣地指了左方，「巷底。」

看電視罵政府的興頭被打斷，他走出門外，拉下鐵門，轉而決定去找老陳泡茶。

繼承經營這間五金行迄今，生意大不如前，沒事好做時，他便找街上的老同行閒聊。每當踩過自家前庭磨石子地板，不免怔怔朝垂直長窗的小露臺和黑瓦屋頂看去。

這棟父親留給他的遺產，格局在當初興建時可說極為轟動，人人口耳交談議論是哪家有錢老闆起大厝囉！屋成之後，孩提時候的他跟鄰居玩捉迷藏，便不時躲在新厝的山形牆後面，看著同伴摸不著頭緒亂找如飛蠅，樂得很。童言童語的階段，誇口說要接父親的棒子，雖然人生的志向轉了又轉。而今或未辜負最初的承諾，他確實把冠昇五金行，這間以父親為名的五金行，在不得不面對的時機點下，又硬撐了好多年，如今算是真正的標竿老字號了。

曾經，在這臨海港都做五金是趨勢，但終究不敵政府近年來想在這一帶發展的觀光大業。對於這個現象，郭振發不做什麼意見表態，只是一逕地做好每日該做的事。

※

一群人站在社區布告欄，讓人遠遠就聽到嘈雜議論聲。

走路姿勢有點跛的郭振發湊近，發現老陳也在，那聳起的眉毛看來就是火大的前兆。

「是啥物代誌啦？予你起毛穲？」他向穿著吊嘎的老陳招呼。

「你看，政府一張公告就咧欲拆厝。阮這街仔攏總拆拆去。」

公告上頭洋洋灑灑，郭振發反覆瀏覽好幾次，包含「請地上所有權人配合拆遷」、「依照都市計畫法規定……不得妨礙計畫執行」、「相關範圍經勘查後劃定範圍，另行公告開工日期」，公告之中沒有半句關於居民意見，自說自話的程度讓他也幹剿起來，「靠夭咧，抑無是予阮去蹛叨位？這是阮蹛遮爾濟年的所在。閣再講，阮攏是生理人，按呢是欲予阮安怎賺食？」郭振發越說越大聲，不意外地引來更多原先坐在自家門口納涼的人。

一嘴油膩，從附近鴨肉攤吃飽過來的阿金太太提議：「不然，我們來開個會，討論一下！」

「該不會是研擬怎麼樣拿更多拆遷補償費吧？」有人說了風涼話。

「好啊啦，明仔暗有閒無？來阮兜！麻煩各位揣其他的人來。」郭振發站出來排解，以他曾擔任鄰長的身分，確實適合。

一行人像是終於有了目標，各自去跟其他住戶說起這件事。

這種天外飛來的鳥事，郭振發以為發生在自己身上一次就夠了，然而鳥事會更新，現在又這麼毫無預警地砸在他們身上。

當前蕭條生意不比造船廠時興的年代，那時，在政府特案融資低利協助下，舊船一艘艘買，五金行一家一家開，什麼都好賣，想拆什麼船都有得拆，所有人都能感受到整個港灣不停充氣的氛圍，這一帶光是趕著把船隻五金零件分拆再處理就忙碌到不行。

懵懂孩提的某天，鄰居傳來──「炸船啦」的吆喝。

一夥人跑到港邊看熱鬧，原來，政府為清理港灣，率先炸除航道內的沉船，聲音響徹臨海，年幼的小妹還被嚇得哭出聲來。爆炸後的餘波盪開，他跟著大人走近，只見大型機具入駐碼頭，開始打撈擊碎的船體殘骸。黑鏽暗褐一塊塊並排在陸地上，日頭一照，廢墟殘骸竟也有反光的色澤，彷彿告訴所有人，這就是寶！

經營廢五金這行，不是自己選的，是老天賞的，父親說。

當年父親有生意眼光，很快就決定投入這行。他才能獨具，雖沒親自下場擔任工人，卻很懂得跟工人相處。其中一種經營之道是流連混熟碼頭，旁敲側擊學著分辨零件好壞，價值高低，這一切無師自通。而隨著投入的人潮越來越多，父親乘上浪頭，越做越起勁，決定自組承包班底，從大包商那兒分包工程。

一開始父親開貨車，沒多久賺了錢便換卡車，一輛兩輛，成為在港邊聚集的川流。偌大的裝載空間為的是值錢的鋼板。咚——，鋼板掉落盪起煙塵，烈日海風吹送之下，侵向大批工人的口鼻。沒人有閒工夫遮掩塵霧，搥打敲擊的拆卸聲始終不斷從沾染汙黑暗沉油漬的船體傳出，間雜氬氧噼吐，切割零件。完成鋼鐵拆解之後，父親指揮若定，該拿去哪賣，賣給誰，老早打聽穩當。

賺錢很快，工人也樂得當他班底，聽說是當時竄起最快的包商之一。

生意有成的父親，開始起建樓厝，換了家具，請來幫傭，引起不少街坊羨慕，一時成為話題。而郭振發記得阿公坐在父親剛建好的新屋木椅上，用臺語向他炫說這一帶曾是名流貴婦流連的好所在，「以前恁攏毋知影遮是偌爾鬧熱，彼邊有銀座商場，模仿日本銀座興建，店面內底攏是高級貨，偌濟好額人指定來遮買賣採購咧。」穿著斯文整齊的阿公郭福堂，說話時習慣用手指撥弄蒼蒼白鬚，「後尾喔，美軍開始投炸彈，有夠濟的炸彈，啥物攏莫講，生理嘛免做，通人攏去覕佇防空洞內邊，時代無仝囉，冗剩日子嘛無矣。」

阿公被視為街市小有名氣的知識分子，書念得不錯，愛享受，也懂得趕時髦。阿公工作之餘，很迷純純的歌聲，〈雨夜花〉、〈四季紅〉等曲子也唱得好。郭振發曉得這樣的阿公一度不願多談七個孩子中的么子郭冠昇，也就是自己的父親。不過，阿嬤嘴中叨念的父親雖跟其他兄姊不同，從小貪玩、不愛念書，勉強讀完國中，說要去跑船之後，就不見人影。阿嬤念歸念，眼神卻很溫柔，說父親其實都會偷偷寄信寄錢給她報平安。聽阿嬤說，跑船十幾年，回到故鄉之後的父親大出阿公意料，本以為一輩子沒用的么子，因為跑船存了不少錢，接著順利娶妻生子。後來轉行做廢五金生意，更把五金行經營得有聲有色，蓋了房還留了最豪華的一間給自己。

可惜阿公住沒幾年，因為一場流行性感冒而過世。父親為他辦了隆重喪禮，儀式中，堅持不能請孝女白琴來的大姑姑坐在臨時搭建的塑膠棚下哭得傷心，而其他姑姑則摺著蓮花，要郭振發也跟著摺。伯父們則站在阿公遺像前，一味看著穿日本和服，頭髮梳得整整齊齊的影中人，互不交談。阿公過世，前來弔唁的人不少，只是父親的表情不太像悲傷，在年紀尚小的郭振發感覺父親換來一臉濃重的疲倦，比睡得不好益加深稠。

好一陣子郭振發不敢煩擾父親。可是，騷動的港邊，所有檯面上檯面下熱騰騰的發財夢，滾動著即將起飛的臺灣經濟。該做的工作，父親依舊，他對待招募來的拆船工人，不改爽朗笑聲，吆喝跟搏感情樣樣來。

「來，下暗來阮厝內食暗頓。」父親工作期間，衣服經常穿得跟拆船工人一般，差別只在工人們油垢滿身，臉龐格外黝黑滄桑。受邀後的工人們往往稍微推辭，便一群群圍坐騎樓小桌旁，坐矮凳子一起吃著母親煮好的大鍋麵；時常父親會不期然放下啤酒跟玻璃小酒杯，一起坐著快意乾杯。

曾經父親私下向母親埋怨，拆船工人領著一天兩千元的薪水，但在廢棄船艙仍不會放棄偷拿的機會，偷紅銅的暗號會說牽美國，偷拔電纜，就叫吞蚯蚓。偷拆船上木頭，偷拾壓縮機、發電機，代號傳來傳去，一切能拆能分的，總有人暗著來，防也防不了，父親底線是只要工人或師傅準時上工，安全下工，他索性睜隻眼閉隻眼。

那些年，拆船工人們拿著十天發一次的薪水進出豪華酒店，私下偷廢船棄油的油行撈了不少，而鋼鐵大亨一口氣在一夜買十幾艘船準備一次拆卸賺取暴利，最瘋狂時，自港邊吹送的風，因瓦斯槍切割和焚燒電纜，不分晝夜挾帶燃燒的惡臭。只是，高度汙染好像不曾讓誰退卻，萬人以上的光裸身軀持續在大型機具之間走動，處理分布於船鎢各角落的大型五金零件，無畏切割時迸出的傷眼火花。

曾經靠鹽起家的這塊土地完全化身為機械動力的制高點，這是郭振發所能回想這一區最盛況風光的年代。

※

躺在床上的郭威宇剛關掉跟女友的對話視窗。女友問他畢業後的打算，他回了「不知道，不要老是問我啦！」之後，螢幕上的視窗顯示不讀不回。欸，當我是塑膠做的喔？他轉而試著撥打電話，沒接。郭威宇心念一變，索性跳開視窗。

最近女友老是問他這類問題，當他無法回答或只想簡單帶過時，女友便會顯得相當不高興，甚至搞人間蒸發。交往三年多以來，一開始追求女友耗費不少心思，在一起之後，還是盡可能討好她，想辦法弄來她愛吃的或最近看上的小東西，但也幾度差點演變為分手危機。他死賴活賴，亂矇一通，女友抵擋不住，最後還是重展笑靨。可是，最近他越來越不想迅速示弱。女友是上過表特版的美女，只是看久了，好像也被他看出一些缺點來。這些缺點隨陽光曝晒而越來越多，如同雀斑。女友曾撒嬌說要用雷射去除臉上小瑕疵，他當時笑著反對，說有斑點的女孩最可愛。然而被潑完冷水的現在，他怎麼也說不出可愛兩個字。

郭冠宇滑開螢幕，連線進入才剛成為堡主的遊戲。目前，他正想方設法從對方陣營拉攏更多人，可惜資歷太淺，積分不夠，從新手到堡主的進階，多是靠小聰明化險為夷。教授曾調侃，他就是小聰明跟鬼點子特別多。郭威宇每次聽到都笑嘻嘻地帶過，跟教授哈啦說沒有啦，教授誤會了！不只一位教授暗示他油嘴滑舌，郭威宇心想，他們肯定沒見過阿公。問誰最會說話，誰能比得過家族中第一位開設五金行，海撈一筆的阿公？比起脾氣死硬又愛生氣的阿爸，他喜歡阿公多一些。

正這麼想著，畫面噴濺鮮血。

靠！怎麼又被攻破城堡了啦！

郭冠宇檢視存糧與兵士，鬆口氣。只稱得上打發時間的遊戲，他清楚自己也玩不成足以晉級的高分。每聽朋友又破了什麼關，相比之下，一無所獲而挫減的興味，令遊戲無聊索然。

雖然放棄遊戲也可以，不過，朋友和女友都還著迷著這款，想一想，目前還是留在堡主之位吧。

鍵盤按敲得凶猛，爍閃螢幕畫面令人眼花撩亂。在模糊的視野裡，他想到強硬的阿爸老去之後益加喜怒無常，連阿母都受不了，幾年前突然留下一張離婚證書，走了。

他不想承認阿母在他都已經上了大學的時機點離婚還是很傷害他，尤其什麼都不透露就一走了之，讓他錯覺童年跟母親的親近似乎是一場幻夢。

※

郭振發一身平時不會穿的 Polo 衫與西裝褲，領著十多人抵達市政府。他預備好陳情內容，事前也跟大夥說過，一定要堅定立場，務必守住上一代留到現在的產業跟尊嚴。

當他忙著指點左右鄰坊時，市府已有人站在前方迎接，這時機點令郭振發狐疑起來。只瞧對方遞出名片，語氣委婉，「您好，我們負責拆遷作業的科長不在，有什麼事都可以向我反映，我會轉達給科長跟局長。」對方是約莫三十不到的年輕男人，推拒之後，又邀請一行人到迎賓位置休息。

「不必了，我們就在這等候科長回來。」

年輕人顯然尷尬：「呃，不好意思，我們科長是真的出差三天。」

這番話一出，口直心快的老陳便埋怨道：「發仔，是你說直接找市府承辦人會解決的喔，啊現在人不在，我們是要怎麼辦？」

「是喔？啊少年仔，你們科長有這麼忙嗎？」

「我看是提前知道我們要來陳情，避不見面啦！」

面對問話或推測，年輕人一律抿嘴微笑，面對聲量漸大的鄉親，模樣氣定神閒。

郭振發轉頭看了看左右，喉頭乾渴。他觀察年輕人的手與他手中的資料夾，都像是道具，就像是只負責走下樓來，應付他們三十分鐘而已。這樣的形象令他一度慶幸從沒要求兒子去嘗試。他要求，不，懇求兒子繼承的是具有生命力，承繼著過往歷史的產業。這分冀望一直存在，直至罕少有客人上門購置二手五金零件。

就他所知，即使是專門處理電纜、廢棄公車、金屬盒行李箱等五花八門的工廠，也已抵不過節節下降的收益。風光不再，但至少店鋪內每個角落與每個零件，都有他和父親共同承諾守住的拚鬥象徵。冠昇五金行收攤不做是時間早晚，可是，讓政府不明不白趕鴨子迫遷又是另一回事。

郭振發因而上前一步，離年輕人僅拳頭大小的距離問道：「你是在地人嗎？」

「怎麼了嗎？」年輕人回道。

「我看你一定不是我們這邊的人，你絕對不會懂我們要跟你們科長講什麼。但是喔，你最好跟科長講一聲，我們還會再來。」郭振發這串說得信誓旦旦。

年輕人仍舊微笑以對，說了聲「好的。」郭振發聽出這聲好，已經敲裂了微笑的外殼。雖然訓練有素的年輕人不可能在這一刻瓦解武裝，然而這趟沒有白來。

其他人還搞不清狀況，郭振發便高聲說，回去了！

「欸，都還沒見到科長，你現在就要走？」老陳問。

「啊你沒看那少年仔一臉酷酷的，我看他是不可能跟我們再多說什麼。」阿好嬸說。

這是場硬仗，郭振發頭痛起來。他想得太過粗簡，事實上那些公務員到底腦袋想什麼，他沒時間好好想過。他曾聽客人抱怨，只要遇上這種強拆事件，根本不可能翻盤，政府都有一堆關於都市規劃的理由來堵民眾的嘴。

上個月正好得空回高雄的客人，不知怎地說起在臺北被強迫搬遷的事。

我們之中就有人以為政府一定幫到底，讓我們住新大樓。說這個就有氣，根本就是詐騙集團！客人口沫橫飛，說起在總統府前的靜坐活動，更掀起上衣讓他看當時跟警方拉扯留下的傷疤。客人說得激動，郭振發忙著手中的活兒，一邊暗自不耐煩。

一吐心中最深的埋怨後，客人什麼也沒買便離開店面。

他如今懷疑這種客人把不知名的衰運傳染給他了，以致現在連他自己都不曉得這一區曾被政府悄悄丈量過，暗逕計算最便宜的補償金組合，自顧自公告三個月後拆除。

貼在布告欄的說明寫得文謅謅，誰看得懂？原文老早被他撕下，換上他親筆寫的，堪稱簡易明瞭的說明。內文寫了拒絕拆遷的幾大訴求，除此，他四處確認過大夥兒都希望原地保留的意願。所以，結尾處還大字加上「抗議粗暴迫遷，原址原地保留」的字樣。

從影印店列印一堆文宣回來後，郭振發挨家發送，力請街坊促成討論時間。老陳也跟著幫忙，雖然之前嘴裡老是碎念這一帶什麼時候才要發展，政府都沒在顧他們的埋怨，可一旦發生了不明不白的鳥事，他是第一個跳出來贊聲的人。

當他們前前後後發完文件，郭振發在路燈下看著遠方剷平的幾塊地，不禁問了老陳：「這個擋得下來嗎？」

老陳坐在淘汰廢棄的輪軸上，抽起菸：「誰人知影？惡質政府喔……不然阮等死嗎？」

郭振發沒回答他，他手中該做的都做了，接下來他認為該動員大夥一起來看法條。可是怎麼看？他自己也不懂這些。

以前事業做得如日中天的父親堅持要他繼續升學，他也照做了，只是讀的科系跟談判斡旋或財務管理無關。這樣的他拿到文憑後，好段時間在南方的就業市場四處顛簸。

父親搖頭，命他到工地現場觀摩。

海上解體作業有如露天電影播出，容易圍觀群眾。第一次，眾人目睹船隻周遭的海面拉起攔油索，水面上拋置的吸油棉布吸取大量重油，工人們正在碼頭停泊的棄船上；即便是完全曝晒在日頭下，依然熟練地以乙炔鋼瓶進行切割燒熔，拆卸船身。他們曾向自己強調過，正在使用的鋼瓶要確保不能接觸到銅、汞一類金屬，而使用過後暫時擱置的鋼瓶也得留意不能傾倒，尤其是工作之前得確保周遭絕對不能有油氣。

謹慎的態度和高度耐受力，郭振發待在重度噪音和刺鼻氣味充盈的所在，越看越悟出魅力。面海的碼頭，卡車與小型起重機穿梭，人冒著爆炸危險在偌大的船艙爬上爬下，各家承包工頭目不轉睛察看運送的鐵料是否照需求分堆。無論是透過地錨起重，預備吊掛工人們切割好的廢棄品，抑或遠方廣闊海面波紋在日頭下漂閃發光；吊舉裝載的噪音有多猛烈，回過頭就有多少銅板入袋作響，換得進出豪華酒店的機會。而船上拆下的銀啊銅的，加上木材，油料，外銷的農產……拆船是一門好生意啊！

瞇著眼睛，裙襬飄飄又細聲軟語的摩登女郎經過郭振發身旁，那股混合肥皂香的濃郁芬芳對他淺笑。郭振發臉上浮出可疑的細微色澤，不太自在地把眼神瞥向耐勞勇猛的工人們，心頭沒有逗弄卻自躁動。

※

自從不排斥接父親事業後，郭振發一早就蹬上前往碼頭的貨車。是日，他還不忘向父親揮手。

那是跟平常沒什麼不同的一天。

沒多久，抵達船體所在的位置，他跟著工人下車，眼前裝載原油的貨輪開始進行拆解大業，火光四濺，褐底膚色一個個被映得發紅，不論幾次，依能使人驚怕。卡納利油輪拆卸工程集結多個承包商與所屬的工人共約百來人。在之前，這麼大規模的貨輪拆卸是郭振發還未有過的經驗。一想到通過這次考驗之後的日子，他便感覺全身活力充沛，自信滿滿。身為新手的他不想落後於其他工人，於是很快地取得乙炔鋼瓶，這大概是他第三次操作吧。當他預備攀進甲板開始作業的瞬間——

命運的齒輪絞緊時間，一道無人能逆料的巨響讓他在攀爬過程中鬆開了手，震向岸邊，直直落地。與此同時，強大而不可逆轉的氣流噴向四周，地震一般的狂猛搖動，讓所有能見的物體瓦碎開來，方圓幾里的民宅玻璃瞬間震碎。

全不知情的郭振發，聞到空氣瀰漫熾散的是濃厚的汽油味，邊咳邊勉強睜眼，四周濃黑煙氣罩頂。驚恐瞬間持續延宕，接連傳來的爆破聲響讓他強烈懷疑是不是將命喪於此？

他側躺著，不自禁發出哀號，全身痛得要命的事實差點讓他動彈不得。

可是他不能！

深吸幾秒，郭振發捱住痛，下定決心開始以雙掌爬行，勉強一陣，總算感覺周身不再如煉獄般火熱。接著，他聽見有人哭喊，聲音淒厲。

——船已經裂一半了，工人都在裡面啦！

事後得知，港邊最慘烈而絕望的災難，就降臨在這一天。

龐大無雙的船艙在碼頭一帶群眾的祈禱中，依然延燒著。艙底千噸的油泥，殘酷蒸騰卡在甲板上的工人們。

一輛一輛接著來的消防車和救護車急速剎停。由於他人在碼頭上，很容易就被救護車發現並送醫治療。不過，抬上擔架，進入車內之後，他都還能感受到一陣一陣眩暈來襲。

從地層深處傳來的隆隆響聲，到底是什麼？

無人回答他的疑問。

他們肯定布下水線，開始救災了吧？他的那些做工的阿叔們，應該都會沒事吧？郭振發聽著各種急救聲響，意識漫漶起來。包含他在內，淌下汗水，夢想靠雙手打拚換得盡情揮霍的夢，也在急遽高溫而無人能近的厄運中，燒個精光。

圖快而未能確切檢查導致的駭人意外，成為拆船這一行步入夕陽，不可逆轉的開關。

郭振發負傷的腳，讓他復原後仍對溫度敏感，無法從事劇烈活動。至於他跟前跟後的工人去世了幾位。父親收起大規模的拓展計劃，只留一個店面——「冠昇五金行」傳承給郭振發。

※

「第三次警告，如果再不離開，我們就要出動優勢警力制伏。」

戴著黃色安全頭盔，自稱是計畫執行單位的人，手持大聲公威嚇。除了他與駕駛挖土機與貨車的工人們，旁邊還列了一排警力。

柏油路上躺了十幾個頭上綁著布條的年輕人，大聲呼叫：「法律不公，政府無良，原地保留！」

「這裡早就劃定是公園綠地，我們現在是合法拆遷，呼籲在場的各位理性看待。」

地上有人哼地一聲，鼻端宛如岔了氣地說：「我們也是合法居留，那你們怎麼講不聽？」

若仔細看這些人，他們的臉早已紅通通晒傷。為了占據更多道路面積，他們一開始就商議必須躺在自家門口表示抗議。這條街連通的前後路段一時擠滿了車，有些不想迴轉倒車，長按了好幾次喇叭，使紊亂的局面更添火氣。

怪手駛近建物，警方指揮一聲令下，員警們立刻衝上前去準備架離抗議分子。「不要慌張，身體放軟。」郭威宇試著喊話。現場機械輪轉的分貝快速飆升，他其實不確定其他人是不是聽見並照做了。

點子不是他自己想的，人也不是他找的。一切起因於他偶然聽見自家房子要被拆除，這項粗暴決策讓他一時腦衝，上網貼文抱怨，沒想到竟有不少朋友回應，還有人替他轉貼訊息。沒多久，他被拱上號召跟串聯的領頭羊，縱然他的本意並非如此，對抗政府是郭威宇完全不曾想過要參與的事件。對於朋友來說，郭威宇給人的印象就是宅，喜歡躲在小圈圈裡；出遊或是團體進行的活動，郭威宇能閃就閃。

若問他宅在家究竟在幹麼，勉強可以說是看電影殺時間罷！郭威宇認識世界的方式是透過電影，從幼年開始，父親忙於五金行生意，母親則騎長長的路去上班，他打發無聊的方式就是看電視。電視越設越多頻道，他轉來轉去，到最後索性只看HBO臺的電影，電視廣告每隔一陣子就切斷影片的機制卻讓他更期待擾亂之後重新回到劇情的時刻——從天而降的帥氣超人，馴服殭屍的道長，平常不可能發生的刀光劍影或飛天入海，彷彿活生生地存在於另一個平行時空，不論哪種都能激出他的熱血。

看電影當下過盛的熱血，讓他經常忍不住跟著劇情加個靠北或幹，這種習慣讓他難以進電影院，被其他人噓過幾次後，他便退回宅居，租改DVD。蝸居久了，成為電影角色的天真想法是郭威宇不說出口的祕密。本該只屬於童年的幻想，郭威宇卻帶著它長大。

只會看電影跟打電動的死大學生想不著痕跡地實現童年幻想，打擊罪惡，郭威宇唯一能做的就是靠自己的身體。說來也幸運，事前他在網上號召，竟也來了好些人，縱使不如預期般踴躍，可是排列起來，還算能夠以身體權充籌碼來占據路面，抵擋怪手，算是死皮活賴的一招。

這個決定時至面臨衝突火線時，的確不太聰明，尤其是當警察開始拉扯他的手臂時，不知是誰趁機大力踢了他的腳，郭威宇扯開喉嚨，高聲反覆喚著「保持不動」，眼角餘光瞥向四周，發現早已亂成一團。所有人的手腳與身體似乎都拆開來，朝不同方向折拗拉動。

「警察打人！」抗議隊伍中有人這麼一喊。所有人都頓了半晌，包含圍觀的群眾。郭威宇看準時機，掙脫方才擒住他的警察。超近距離地看見誰的臉猙獰著，而他又推開即將要撲到他身上的警察。

不要動手——有人受傷——

聲音變得不像自己的。

即將擴大的混亂裡，他見到父親郭振發依警察指示彎腰抱頭，可是新一波攻擊竟朝著曾經被爆炸波及的腿而去。郭威宇衝上前，視線焦點只在那行動已然遲緩的父親身上。

不准打我爸！

電影宅的胸口突然爆出這句話，他仗勢年輕，果然趕到父親身旁。只是，他沒有成功擋下什麼，而是雙雙被抬離現場。郭威宇苦苦掙扎的時候接到警察狠戾眼神，像是被吐了一身槽。他用眼角餘光看著自家的五金行，突然有了悲哀的領悟——他不會聽爸爸的話，接下這間店。

至於郭振發，這會兒索性豁出去，把所有重量都給警方扛。這次抗爭這麼重要，阿好嬸、老陳這些人都去哪了？越想越生氣，他不管自己已經六十多歲年紀，斷續鬼吼起來，此舉惹得警察更加不悅，「歐吉桑，拜託你安靜。」

誰是歐吉桑？郭振發拍了一下警察的肩膀。

已經快到警車處的此刻，警察突然把他放了下來，「歐吉桑，請你自己走。來，你得跟我們去一趟警察局。」他高聲回應：「算什麼警察啦，愛抓誰就抓誰，啊我們去陳情，想見誰都見不到。」

「歐吉桑，請你冷靜，有什麼話我們警局說。」

郭振發不情願地雙腳立起，不遠處的怪手噹啷敲向牆面，揚起塵沙。再掘一下，直搗房屋中央的搖搖欲墜感就開始了，泥瀑般零碎的瓦啊磚的，朝地面坍去。突然之間，郭振發趁警察閃神，折返跑向摧毀現場。

警察戒備著，但是郭振發跑到一半便停下，用他黝黑如船隻廢鐵的膚色鑲嵌的眼眸一動不動地凝視著。那棟現在算是廢棄建物的存在，在他年少時曾是工人們經常聚集的半開放場所。誰特別愛吃，愛喝的，父親都了解，什麼都肯準備得妥妥當當。八面玲瓏吃得開的父親，晚年中風而住進安養院。他沒辦法深究父親的死因是否只因中風和衰老？他只曉得那些海上漂浪的人一個個離開海，有些據說為了趕工拆船撐幾天不睡覺，染毒早死；有些習賭，賠光一切，歸宿在異鄉街頭。

繁榮委地的過程，是不是父親早就料到？郭振發對自己苦笑一下，他有點不願相信父親什麼都料事如神。

警察走過來，重新抓住他的胳臂，郭振發很清楚，以父親為名的冠昇五金行不會在今天消失。但很快地，它會成為下一個目標，這一帶曾因海而立的浮城華麗，終於撐到最後一刻。郭振發看著兒子，這些事情之中，他最意外的還是威宇說要來幫忙。

他不懂兒子，父親不懂他。

不過，這些都不妨礙他從那場浩劫噩夢醒來。

※

半年後，這條以五金為業的街道，已由綠油油的草皮和幾件大型五金藝術裝置取代，成為主要景觀，這是抗爭後不情不願回到家的郭威宇所想像不到的。

「威宇，還不快起床？」媽媽的聲音從樓下傳來，他們一家領了不成比例的賠償金，搬進新公寓，而最讓他困惑的是，老爸老媽竟然和好了。

「你今天不是有表演？」見他出了房門，媽媽遞出三明治，「快點，說要一小時前到，你看你。」

決定不去 7-11 打工的郭威宇，玩起貝斯，還跟朋友組了團。這點雖然不能向女朋友說明什麼，可是她卻出乎意料地場場出現，為他加油打氣。

五金老街幾乎消失殆盡後，今日就是郭威宇跟朋友重回舊地表演的日子。匆匆趕到現場的郭威宇，正巧與一群第一次踏上南方土地的外籍運動員們擦身而過，他們腳踩的廣闊綠地是展現運動絕技的所在。

郭威宇因遲到而陪笑臉，頻向團員致歉，隨後，他和團員們專心地進行試音，他們的主題曲之一就是關於這條五金老街。間隔一兩年，此地也將舉辦歷經十年的大型音樂祭，搖滾與吶喊的音浪將充斥港邊。

屆時，戴著周邊商品，舉起雙手，激情簇擁在音樂祭登臺的熱門樂團輪番演出，其中也包括了郭威宇和他的團員們。除了音樂引發的狂歡，這些觀眾不見得能懷抱熱情去了解此地曾有過的時代，廢棄與傷亡，驅離和重生。

音浪陣陣，藏身街道的廢五金鐵人動也不動，巨大但可愛拙稚的模樣成為路人打卡焦點。

然而與此同時，由無數廢鐵纏繞製成的它，復無情地凝視著下一波因惡毀滅的開端。

連明偉 × 陳育萱——當代青年小説家的書寫與等待

連明偉——

新書付梓，誠摯祝福。

完成一本書，除了創作層面上的技藝磨練，更是鍛鍊作者身心的嚴苛歷程。工作之餘，不予擱置文字，實是難事，更不消說，時間總是帶有易被劇烈割裂的傾向。書寫，實與生活息息相關，或可言說，文學其實大大幫助我們生活，不論是創作者或是閱讀者，都在親近文學的過程中，多多少少，完成對於自己、故鄉與世界的豐腴想像，乃至篤定實踐。走向一個一個鋪磚架梁的文字搭建，理解其內外秩序、情感脈流，藉助時間緩慢沉澱，產生反饋，向自我提出可供校正、辯證與互補的呼應。於是，秉以切磋琢磨的謹慎態度，我從《不測之人》（二零一五年七月）的原初想像，進入形式相似，底蘊互容，卻更顯殘暴的《南方從來不下雪》。

從第一本書過渡至第二本書，南方照常燠熱，烈日中的人事卻更形凶猛，陂仔尾雖有黃酸仔雨、農地萎縮與工廠進駐等惘惘威脅，大抵而言，仍是滿溢原鄉生猛景貌，微風習習，苦楝鬱鬱，鳳梨田推窗可見，小鎮縣道旁的關帝廟日夜點燃燭火。然而，歷經時間，新鬼漸成舊鬼，看多了，不得已的嘆息似乎也多了。鄉野的竹籜翠葉，替換為都市落魄殘敗屋瓦，水神樹神齊俱噤聲，小鎮已遠，或被大舉覆巢傾卵，人情物事崩隳殆盡，成為不可阻擋的集體命運。

在此，我想以純粹的閱讀者身分，粗淺提出第一個問題，並且延展脈絡，關於創作的內在與外在觀照：來到第二本書的當下，及其之前，不論是身為創作者，或是創作後的恆久閱讀者，經歷了什麼事情？產生了何種轉變？自己如何看待這其中歷程？此種反芻諸多事件（生命經驗？）的思索，又是如何消解、演繹並且再現於小說創作？

陳育萱——

首先特別謝謝明偉溯回前作《不測之人》，並指涉其與《南方從來不下雪》的呼應及互補。

容我援引娥蘇拉．勒瑰恩（Ursula K. Le Guin）的小說《地海巫師》（A Wizard of Earthsea）最經典而幾乎無人不曉的一段作為答覆之始——

> 寂靜中，人與黑影迎面相遇，雙方都停步了。
>
> 格得打破萬古寂靜，大聲而清晰地喊出黑影的名字；同時，那沒有唇舌的黑影，也說出了相同的名字：「格得。」兩個聲音合為一聲。
>
> 格得伸出雙手，放下巫杖，抱住他的影子，抱住那個向他伸展而來的黑色自我。光明與黑暗相遇、交會、合一。

這些年來創作之路對我而言逐漸變成思量如何呈現個人投射世界的方式。豎立字林，置入角色，布置對話，其世界觀之所以能夠成型，正是藉由創作者詮釋曾擎起探照燈照向世界之後的所見。這是我心中的真實，而真實不必然是事實，不過，形存影附，對世界的理解得反躬自求豐厚多層，才能觸發真實感受。不論創作寫實文學、幻奇文學或任何一種，此等扣問已是個人提筆之際，必須一再面對的測試。

書寫處女作到目前這本小說，中間歷時五年，在這不算短的時光裡，諸多變因隨地球轉速和方位地域而生，我明確感到個人拿著探照燈的方式變了，關懷的核心或許仍疊合大半，不過，投射不再單向，得需迎向彼方投射過來的，陰影也好，或任何未曾被辨識命名的幽暗。魅影飄忽，瞻之在前，卻又幻形其他。當小說創作這件事不復年少寫作那般輕捷，我察覺並理解這是因為它成了一場自身與自身的追趕與辯證。自己研磨答案，解釋化為齏粉，哪一道才是真身？哪一個自己才是最佳發言人？假若不想為此變得虛無，身為創作者就得靠作品來回應苦澀和失落。因此，很同意明偉所說的，「完成一本書，除了創作層面上的技藝磨練，更是鍛鍊作者身心的嚴苛歷程。」所謂十年磨一劍的說法並不存在浪漫想像，它更可能是一連串的逼問——為何而磨？

為什麼需要漫長時光？我究竟在等待什麼？如果等不到，又會如何？與其侈言所有等待都只求孵化一部滿意之作，毋寧更需自問：當自身位移於不同人生階段時，如何冷靜力求重新面對自我，重整破碎。

由這角度觀之，文學微妙地成為我為數不多的依靠，它一開始是術，引人目眩神迷；練術入神，引術成魔是可能發生的事。魔與暗，看似外附，然而所有刺痛感受均源於己身，一邊感知極度晃蕩乃至激化對立的世界，又不全然被感受掌握，不迷於虛假悟境，在自身也感平衡不易下，嘗試維持明澈，把想說的透過故事的形式說出。這般經驗若能一輪完足，我便確信小說創作對我來說有了更深的意義，對於讀者應當亦如是。

《不測之人》到《南方從來不下雪》是我的南方二部曲，前者經由新死之鬼透視，後者則眾聲迭次喧譁。不同聲腔聲部，技法光譜挪移，均呼應著多年居住南方的所見、所聞、所感。尤其書寫《南方從來不下雪》過程中，人已搬回彰化。曾經模糊朦朧的，因雙城對照，特別是透過虛構而輪廓越明。

明偉同樣作為小說創作者，我觀察到滋養或影響你三本小說的偌大元素是環境與地域。因此，我好奇你如何看待外境對自身的影響？以及當書寫的當下勢必不在現場，而是推向更遠之處時，你如何在一邊過著當下生活，另需勾回、調動、召喚使你起心動念的已逝時空，並籌建你的小說世界？

連明偉——

「如何呈現個人投射世界的方式。」借用育萱的文字，迻譯我的書寫。

以出版的三本書而言，約莫依照外境內境（挪借詞彙）相遞次序，透過外於臺灣與內於臺灣的參差對照，有意將自己拉離一段距離，藉由地理位置的遙遠，明確疏離、陌生與游移內心位置的親近。一切經歷，地域、位階以及不斷被召喚的時間性當下，正是試圖擴展自身容器，不再拘泥，不再侷限，不再困囿各種輕而易舉看似大義的意識形態誘惑。荒唐之言，通常只對自我有效，然而對己身有效，可能就會對另一未知讀者，產生些微影響。內外之別，隱藏權力位階，以及解讀順序，這種不斷被強化的意識形態，正是某種似是而非的道德約束，甚至是毫不自覺的綁架。

一方面，地域的交替書寫，激發某種主體位移般的靈活視線；另一方面，轉化明顯可感的動態位能，搖晃意識形態的框架，使得諸多相異巧妙交融於文學。言說，嘗試，亟欲打破心理地域的粗魯界定，並使「我」，勇敢立於非我者之中。「我」與「你」與「他」，「我們」與「你們」與「他們」，難以輕易拉近距離，然而，是否存在一種可能，如同深思熟慮的加勒比海詩人德瑞克．沃克特（Derek Walcott）先生，在其詩作〈桅船之航〉（The Schooner Flight, 1979）所言：

我只是個熱愛海洋的紅皮黑人，
我有完美的殖民教育，
我是個荷蘭人、黑人和英國人的三位一體，
我既是一個無名小卒，又是一個國家。
I'm just a red nigger who love the sea,
I had a sound colonial education,
I have Dutch, nigger and English in me,
and either I'm nobody, or I'm a nation.

育萱所言的雙城凝視，恰如詩人展現的無畏融合，某種因其相異卻又相容的明確主體。這種經由遷徙而內觀的多元，透過虛構之筆愈發清晰，那麼，清晰所見的究竟是什麼？是人的脆弱，抑或世事複雜難解？南方的所見、所聞與所感，在此書鎔鑄之中，無不編寫殘酷現實。從第一本書揭示的鄉鎮田疇衰亡，轉眼直視都市的舊疾傷殘生死兩茫，陌生卻又熟悉的「在地」，不斷崩毀，驚悚異奇與普遍日常相互重疊。此虛構之筆，描述人們不修邊幅的面貌，向讀者展示南方覆轍而來的尋常苦難，不悲情，不輕易給予憐憫，穿雲透霧聚焦個人、社會與歷史之間的互動。

威脅不是山雨欲來，而是遍野肆虐，睜開雙眼，細筆描繪人之難堪，虛構真實來回指涉，小說隨處可見暴虐，無法避免的諸多磨難，包含自然天災，如赤焰、颱風與豪雨；更強烈指向人禍，如車禍、氣爆、戰爭、都更拆遷乃至白色恐怖。是故，能否談談，此種近乎「災難書寫」一般的極限，究竟以怎樣的倫理角度介入、聚焦與關懷？透過倖存者的喑啞之音，意欲揭露何種普遍性傷痕？另外，是否想要藉由書寫，逐步反思，乃至凝聚閱讀後的可能力量？

陳育萱——

對於明偉引用加勒比海詩人德瑞克．沃克特先生的詩歌，其中的「三位一體」、「既是一個無名小卒，又是一個國家」這串關鍵字，令人不禁想像它們叮咚響落於我的小說人物身畔，幾無違和。於我所見，有些地域在時空地理的先天條件下，天生易於海納、沉積多元性。存在多種族裔的地域，暗示的是時間淘洗中，受到生存、政策、風土驅力不得不流離，而後漸次抵達的生命故事。想在異域生活，其扎根力道必須更深，也益得禁得起異同冶煉，因此以另一個角度視之，多元性和異質性更能體現出生存完整的光譜。

雖然創作小說絕不等同將真實人生經驗搬挪至紙上，然而我久居南方，體察為數眾多、名姓隱匿，以不同形貌穿梭、停滯的流離者與在地人，不為誰演繹，便各在他們的人生中層疊顯透眾聲合部。親炙這樣的存有，或許雷同於明偉試圖「擴展自身容器」，自然而然地「搖晃意識形態的框架」。即使臺灣這座島嶼面積有限，位居不同方位依舊能被所見所聞浸染，析離出迥異分層。

這樣的分層，確實存在於屢歷災厄創傷的島嶼。尤其濃重至難以喘息如明偉所言，「南方覆轍而來的尋常苦難」。對我而言，流連於廣義的南方，走在飽經汙染，色澤濃重的二仁溪旁，乃至抗爭石化產業二十五年的後勁，抑或湊近小港工業區旁的路樹，真切摩娑布滿塵埃汙染的葉面，透過時間軌跡，方能意識到反覆再三的苦厄正或輕或重分布於南方大地。即使我深知同在南方，同樣領受猶如小型戰爭的磨難，以各種階層、不同區域來說，災難所及的影響仍有不同。「脆弱性（Vulnerability）」在發聲最微，資源最匱乏的人身上，遭受輾壓的創傷程度最為巨大。最初，位居邊陲並不一定代表弱勢，然而當全球性的天災和在地深層結構導致的人禍交逼而來，總會有一群人受傷最劇，而那又恰恰好是相較遺世獨立的那群。

無故蒙受苦難者，面對一時半刻無法改變，甚至不可能復返修正的現況，又將如何面對？為筆下人物描摹情境時，不為之補血或美化，也不拉昇道德，純粹想呈現人在龐巨壓力下，何以延續、折返、斷開、逃避。當倖存者情感情緒的走向波動無法單一量測，損失就難以正確評估，亦不可能輕易痊癒；多年後看似了無痕跡的舊傷，都可能再引動一次災異，生成新瘡。我凝視的廣義之南方，正是這座島嶼被援用政策處理和制度化管控時，最常也是長期被錯估之地。未盡完善的種種，或許十年、二十年過去，依舊在諸多折衝下被遺略，縱然南方的人們為此強自長出異常茁壯的根系，活力強悍非同小可，這仍鼓動我依循小說家的倫理與責任，在場、看見、書寫。我觀照的，常以其有限，啟迪我自身的有限。同在有限中存活的，正是生命本質，更是一向打動我的源泉。

由此延伸，我亦好奇明偉這麼多年的小說創作經驗，使你持續書寫的理由是什麼？或者也可問，書寫狀態中的自身是什麼樣的存在？

連明偉——

對我而言，持續書寫，重心不在自我的被看見，亦不在強烈的技藝展現，任何創作形式，若非有內容飽滿支撐，形式之嘗試總是導致失衡。另一方面，當形式成為目的，創作則容易陷入單純反抗。當然，此種立論，絕對可供來回商議，實無定論。書寫，除卻記錄，更是審視自我的機會，在創作過程與正式發表之後，不斷產生各自的場域意義。統攝而言，實是面向自我、朝向社會的雙重軌跡。桑塔格（Susan Sontag）之言：「作家總是注意著這個世界。」育萱談及之在場、看見與書寫，在我粗淺理解之中，應與桑塔格有其共通。

依此脈絡，可以觀察此書闡述重心，存在個體記憶，以及集體的歷史事件記憶，兩者交融，難以輕易切割。錨定的地理位置相當明確，名為南方，或具體高雄，輻射範疇則是現實狀態中的臺灣。於此，可在書中察覺由此展開並生成的核心，事件再現，書寫內蘊的形上思考。從首篇〈歸位〉所言：「萬事萬物都有其相對位置。」抵達末篇〈第三次警告，冠昇五金行〉中，「此地曾有過的時代，廢棄與傷亡，驅離與重生。」小我記憶在多篇小說參照之下，在在浮現災難後的洪荒，放眼望去，彷彿已無安全處所，所有因海而立的浮城華麗，必定遭遇天災人禍，並且終將迎來摧枯拉朽，這無非是馮內果所言：「生命從不善待任何動物，即便是一隻老鼠也一樣。」

然而，地域還在，時間無垠，人們仍然努力活著。此種命定，或潛藏的生之可能，一次一次放逐小我規律的時間歷程，記憶來回調動，已非單純彰顯虛妄敘事，更非技藝操練，而是更進一步，如僭越神靈視角，深探人物錯綜關係，故〈反光〉中曾有描述：「他經常說，自己的工作會跟雲很接近。我猜，從他站立的角度往下看，每個人都像是一個小小的標點符號，看不出喜怒哀樂。」

某種形而上的隱藏秩序，有效組合各個日常片段，使之連結、互補與支援，像是不可輕易違逆卻又無比彈性的結構，提供背景、故事與土地，同時大大釋放詮釋可能。它以一種悲劇性的底蘊，給予懷抱，整合曾被浪擲的離散，維繫潰散的逃逸，構成看似瓦解無限，其實彼此黏合的片刻實景。在此與彼的罅隙，存在巨大待填的可能，而此前後、首尾、刻意移除時空的線性敘事法則，或許正是以「永遠的一天」，向時時刻刻「當下」致敬。於是，難以捉摸之形而上隱藏秩序，或命運，或不可抗拒之註定，便在無垠卻又短暫之中，明確顯影了起來。是以大於一己的時間觀測，巧挪體感日夜，而使所有生命情境產生與天地共生同死的殘忍憐愛氣度。不露聲色，亦非廉價同情，甚至不會輕易給予警語，看似野放，實是直覺性的碎裂與滿足——於此大膽詮釋，乃是試圖描繪沉靜與劇變並存之歷劫日常。

能否請育萱聊聊，作品時刻浮現的，近乎命定的「底層」精神。此處底層，一方面，微觀指涉角色的社會位階，另一方面，更是宏觀投射核心的內在結構。

陳育萱——

明偉詮釋這本小說中的方式，抓攫出「永遠的一天」之概念，或許有人會旋即聯想至導演安哲羅普洛斯（Theo Angelopoulos）的《永遠的一天（Eternity and a

Day）》。此電影中的主角亞歷山大是身患重病的詩人，敘事主線緊扣他準備進醫院並預備一去不返的死亡之旅——歷經乍失家屋、偶遇小男孩，穿插綰合對母親的記憶乃至重新藉由信函發現亡妻對自身的愛，種種經歷，由心至身，由裡而外，交錯疊合實與虛，讓觀眾在電影故事裡以「一天」為範疇來理解老人的一生，電影收尾處更是時空無垠的諭示，詩人亞歷山大問亡妻安娜：「明天有多久？」妻子回答：「比永遠多一天。」一說來，追覓己身需返魂恆久被放逐的奧德賽，持續與諸神對抗的普羅米修斯，這類神話人物是安哲羅普洛斯思索鄉愁或異鄉人時，屢令觀眾感覺熟悉的理由之一。

然而，我並非出於對安哲羅普洛斯導演的致敬，而是一己長期生活於南方，熟稔風土之後又復返「故鄉」所不得不展開的種種思索。對我來說，真誠思索何謂己身認同的「原鄉」是一項永恆命題。這些年來不少臺灣作者寫著故鄉或回鄉之不美，例如劉崇鳳寫《回家種田：一個返鄉女兒的家事、農事與心事》，林蔚昀《回家好難：寫給故鄉的 33 個字詞》，他們作為女性，以散文創作回應己身對「鄉」之扣問，我一面讀著他們的作品，千迴百轉的碎雨心事也一個個敲響呼應內心。正因內在尺度挪來換去，難以錨定，故鄉與異鄉感同體雙生之餘也一再推翻剛訂定好的心意，所以耗費極長時間重新審視我是誰，並學會珍惜天生的躑躅、緩慢與猶疑。因而，與其說我非常肯定自己一定要說什麼，不如說我這段時間在個人生命史和臺灣近況的發展之中，不停忍受晃蕩和震懾，我驚詫各地鄉鎮的返鄉狂潮，又低靡於返鄉者某種程度比起離鄉者更有難以言說的矛盾，乃至質問自身精神認同依歸何方？

在我看來，母親島嶼上的人（我亦不例外），習於分群歸類，躁於登躍舞臺，驅力所在或許源自長久以往不被世界認可的焦慮挫心。然而，想跑得更快而中途拋下或最容易遭忽視的，往往才是最應該轉頭凝視之地。因為那之中或許代表一個族裔的失落，或一部分自身特質之消亡。越想升空，萬有引力越牢牢提醒你我，這是人間。因為是人間，離不開的貪嗔癡、恨愛仇，不同遭遇的人兌換不太一樣的煩惱，雷同的是必須低頭或回首自身的人生課題，縱是小說類型何其殊異，可是點出的仍舊不離人心和情感。明偉言及寫小說是「面向自我、朝向社會的雙重軌跡」。於我而言，離開東海岸的校園越久，這樣的體悟益深，並學習背負反思，以及面對縱然反思之後仍無解的難題。

現在的自己會這麼答，乃依歸於某種精神情態的追求——理解這座島嶼最根性的群像。既是群像，不可能定於一尊，不可能一錘定音予以唯一解，眾生萬千面貌，我亦是其中一員，僅占萬分之一，但我希望躋身其中，又有能夠把握離身一寸的空間，使我還能書寫。我喜愛的歌手林生祥與鍾永豐，譜寫詞曲內容普照「我庄」，卻絕非僅為美濃而寫。當〈圍庄〉、〈汙染無護照〉這系列歌曲出現，聽者足以澈然明瞭這實為臺灣共相。又或者黃瑋傑初始融合客家山歌創作〈到這年紀〉，而續出現〈阿富哥〉描寫年少離鄉從事遠洋漁業的心路歷程。這些年來，類似的創作來挺打動我，或許因我腳踏南方土地，扎實生活於異鄉，又「他鄉日久是故鄉」之故，認可自己與南方同體同在，並實際跟荒野保護協會會長帶著學生走在高汙染石化工業區做環境觀察後，時間的線性會在這種時候斷開，成為一個莫比烏斯環（Möbius Strip）。它只有一個面和一條邊界，形似「8」，據說（但後來被駁斥）人若走在莫比烏斯環上，永遠不會停下或靜止。我是以這樣的理解來看待，不知是否能回應明偉引桑塔格之言，「作家總是注意著這個世界」？

葡萄牙國寶級作家佩索亞（Fernando Pessoa）在《不安之書：惶然錄》（The Book of Disquiet）中，引卡埃羅兩行詩「因為我是我所見的大小！／而非我身材的大小。」我是我所見的大小，而我們也會是我們所見的大小。作家注意這個世界，我傾向理解成：創作者注意了多大層面的世界，凝視了多少人的可能，他的作品就是他所見的大小。我亦知曉，個人喜愛發散浩瀚的作品，也需要閱讀專於一鎮的創作，多元一詞的可能性應直接體現於作品，以及解讀作品的人身上。能夠考慮到這點，我認為應該溯回曾予我養分的東華大學創英所，所上老師與同學們俱互相允許如野草茂生，泯除框框架架，鼓勵長成任何自己想得到的樣態。

好奇明偉如何回想起那段在東海岸學習創作的歲月？有什麼如警句箴言般，伴你至今？

連明偉——

如果要說的話，我會傾向指出疊巒的奇萊山脈、寬敞的木瓜溪、豐田移民村、面向大海的暗暝波浪，以及一段共聚同存的悠悠時光，年少激揚恣肆，甚至帶著等待被日後折損的一股傲氣。不被拘束，似乎也就是最好的拘束，我們得以在師長友朋的陪伴下，盛宴般面向自己，面向不知如何處置的陰影，面向認同與記憶中的諸多傷痕，當時，甚至沒有謹慎察覺，未來還將賡續迎來更多考驗，而我們只是盡情在文學中，當一位最稱職的背叛者與追求者。如此氣焰，想起來都讓人感到不好意思，其中不乏氣憤、不服、針鋒相對，乃至看似無法挽回的絕交。但是那又如何，我們就是在爛漫痛苦的時光之河，遇見彼此，相濡以沫，嘗試純真世故的開放書寫，總總一切都是從身體精神之中，泉湧而出的真誠。

我並非博學強記者，當時所學大多無法深入內在，除了粗心，亦是關照層面尚未真正擴展。如今回想，課業已疏，倒是記住許多帶有生活感的片段，例如朗讀英詩，行走楓林步道，尋覓日本神社遺跡，朝拜慶修院，夜探花蓮溪出海口，白鮑溪路跑等等。危疑時刻，不知如何跨越自我預設的「坎站」，卻又一次一次發現整個山谷、溪流與平原，正以寬敞姿態無償坦露，溫柔支撐著我。我無法在此詳述師長們的身影，然而，他們無不秉持黃金之心，影響我對文學、生命與世界的看法。時而，我會猛然想起師長面容，或其在課堂說過的一、兩句話，當時不懂，後來即使懂了，卻難免質疑自己是否真能做到——堅決，篤定，不顧一切搏命著。於是，很多想念，我是寧願不說的，因為那總是讓我愧疚。

然而，愧疚並非不好，其中可能蘊藏刺激，讓我不至於長期背離文學，或者輕易斷絕與這個世界的關係。這樣的情感連結，需要處理，這其中確實關係更加內核的部分：我與自己的和解，我與生命的過往凝視，我與未來的可能走向。書寫之際，我知曉，並且深刻察覺，種種過往疏漏都有了重新修補的機會，即便此種修補，往往過於緩慢，更易遭遇他人的指責、批評與誤解。但是，無妨繼續走下去吧，偶爾當個迷路孩子，當個黃髮老者，或者化身這塊島嶼的林木獸禽。時間終將讓我們復歸塵土，於是半路歇停，翹首遠望，回首顧視，也就不再顯得有所過失。不急的，要沉得住氣，我必須再三提醒自己。

我們成長，回望，踏進現實的齟齬，是在如此錯開卻又同在的歷程，分別看見不同景貌，採擷相異花草，辨識紛然物種，努力探詢各自的意義礦岩。最後，我亦想向育萱詢問，在那些同在的時光，我們在更廣義的彼此身上，見證了什麼，或者以怎樣的尋覓探路，不知不覺護衛了未來的我們。

陳育萱——

我真喜歡明偉說的「盛宴般面向自己」，那段讓山風海雨遙遙護佑的黃金時代——直接親炙文學名家戮力耕耘但只消翩飛一掠，便需吾輩全副悟性去追索，或事後輕責自身不知更細膩珍惜的，是永不復返但仍橫空相繫的血脈。在創英所成立之初，太多聲音質疑創作能不能教？然而我在其中體會的並不是教，而是信仰文學的一群活出的千姿百態，讓人自然而然薰習、質問、辯論創作。生機盎然的程度猶如一顆種子察覺了豐沛地力，試著冒出芽來，附近迅即有其他植物竄出頭來，帶一絲較勁，比你多長了一毫米，久而久之，彼此就是彼此生命的多樣性。這種半野放的生態，後見之明竟意外類似電影《大象席地而坐》最終一幕，所有乘客步出深夜公車，於無盡時間之涯聽見遠方象鳴。恣浪野蕩的精神使得苦悶的靈魂自由解放，看似晃遊無意義的均沉積歸位為地基，亦潛淵成伏流血脈。當然，大寫的我們不等同小寫的自己，而地貌仍隨各人命運遷變，成為「錯開卻又同在的歷程」，但其初心無非仍在「努力探詢各自的意義礦岩」。

或許是我耽於個人世界，跟往昔友伴聯繫切磋的機會太少，處在現實困局中，獨自捧讀或書寫的過程還是不免踟躕，有時茫然不知自己走去哪了？又或者應該折向哪個方位？但也因為曾敞開浸漬於最廣義的文學中，我深知奇萊山腳和木瓜溪相伴的文學樂土絕無可能複製到其他地方，也不該期待複製。我已握獲的禮物是能半霎復返東海岸的記憶巨流，縱使每次捧出它就如文物出土，唯一能描述並互相理解的便是這群寂寞的考古學徒。想及自創英所畢業的那刻，我在電話中聽曾珍珍老師鼓勵的話語，她對於我的畢業作品頗有讚譽，並勉勵我工作之後繼續寫，繼續讀原文，那通洋溢過譽用詞的通話幾乎一小時，珍珍老師熱情不改，唯獨遺憾我記得的細節太少。不過，只需生命中曾有過這麼一剎，類同於我們一起坐在李永平老師的研究室，或者與林俊頴老師、陳雨航老師乃至每一位來去時間短促卻影響深遠的師長們同在過，存留並延續的會是火花盛綻，而不再一定是敏捷強記而來的細節了。

時移事往，雖不願面對故去遠走的師長們，可是他們素心相對文學的誠摯，翻面就是我真真切切的鄉愁。導演塔可夫斯基（Andrei Tarkovsky）曾言：「藝術家對待素材的態度若不夠真誠、熱情，就創造不出作品。肥沃的黑土沒有鑽石，你必須到火山旁邊尋找。藝術家不能是部分真誠，就如藝術不能只是接近完美。藝術是絕對完美與完整的存在形式。」我深自認同塔可夫斯基對真誠的呼求，並認為與文學對鏡的意義無論是明偉所說的自我修補或其他，我都相信必為真誠的映射，也是回過頭來，向這段歲月必要的致敬。我習得且記得最重要的文學教誨無非真誠，其次悲憫。人之所以心懷悲憫並非高高在上，而是我們作為學徒，艱辛無匹地完成彼時所能體會的最大範疇，實是為自己所見而撼動，為珍稀但現世不見得稀罕的過去而淚流，我們不忍它消逝，於是打撈、收集並說起故事。說故事的時候，或許因為不足以勝任稱職的表演者而略顯古怪狼狽，然而總有聽故事的人，他們是同路人，同行者，同樣容易收到太平洋輕輕吹來的風。

連明偉——

說故事，說我的故事，說我們同體共感的故事，如此鄉愿，雖然難以替他人代言，但這或許是目前為止，所能做到的，某種發自內心的善意關懷，即使善意亦有可能導致傷害。此中，存在創作者對現實社會的有效介入，或在故事深處，產生更多閱讀後的熹微之光。我們該走去哪裡？我們該珍稀何處聲音？我們該以書寫守衛何種深刻價值？古典提問，永恆關照，這無疑是此次筆談再次複誦的重要命題，而我們亦得記住種種辯證響音，妥善傳遞，抵達時間與空間並存的遠方。

自省，勇敢，真誠，更多美德必須被再三喚醒。我羞於發聲，但默默相信文字於死灰之中，自有激昂意義，即使創作，亦可能是另一面向荒蕪的虛幻過程。那麼，無妨暫且燃起柴火，以其溫暖與光影，聚集遠近個體，在漫漫長夜消逝之前，我們還有許多時間，得以靜靜聆聽彼此基於真實、趨於虛構的故事。

火光隱現，有人堅定立起身子，而我們無不屏氣凝神，誠心等待珍貴的聲音響徹而來——《南方從來不下雪》。

連明偉——一九八三年生，暨南大學中文系、東華大學創英所畢業，著有《番茄街游擊戰》、《青蚨子》與《藍莓夜的告白》等。

後記

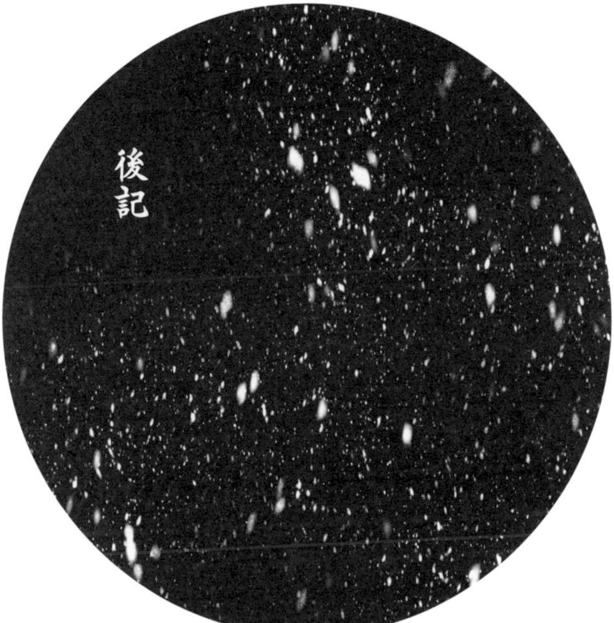

《南方從來不下雪》是關於所有生活於南方的細節動身，以及諸多在生活中想言而未盡的總體呈現。南方給我諸多滋養，以陽光鞭策我瀝除小我溼氣，大剌剌迎向過往遲疑的種種。這個地理位置同時也是我喜愛的小說家諸如威廉·福克納（William Faulkner）、芙蘭納莉·歐康納（Flannery O'Connor）、卡森·麥卡勒斯（Carson McCullers）等所選擇書寫的，它富含局外與邊陲的深意，自能從嫏嬛福地孕育生機萬千的作品風情。當年，正是這股生命力鼓動了我，使我存續著南方野性還鄉後，永誌難忘，心心念念想為長久關注的南方群像寫出故事來。

僅以這本小說，承續《不測之人》底蘊，獻給以無限廣闊、熱情豪氣長養我視野的南方。

言寺
67

南方從來不下雪

作者　陳育萱
總編輯　陳夏民
編輯　達　瑞
封面設計　萬亞雰
版面構成　adj. 形容詞

出版　逗點文創結社
地址｜330桃園市中央街11巷4-1號
網站｜www.commabooks.com.tw
電話｜03-335-9366
傳真｜03-335-9303

總經銷　知己圖書股份有限公司
臺北公司｜臺北市106大安區辛亥路一段30號9樓
電話｜02-2367-2044
傳真｜02-2363-5741
臺中公司｜臺中市407工業區30路1號
電話｜04-2359-5819
傳真｜04-2359-5493

印刷　通南彩色印刷有限公司
ISBN　978-986-98170-2-8
定價　350元
初版一刷2020年2月
初版二刷2022年2月

本書榮獲　國家文化藝術基金會 National Culture and Arts Foundation NCAF 贊助創作
高雄市政府文化局 Bureau of Cultural Affairs Kaohsiung City Government 書寫高雄出版獎助

Commabooks Publishing House is an experimental project which aims to explore the possibility of books and the art of publishing.

國家圖書館出版品預行編目（CIP）資料｜南方從來不下雪／陳育萱 著.
—初版.—桃園市：逗點文創結社，2020.02｜312面；12.8×19 公分. —（言寺；67）
ISBN 978-986-98170-2-8（平裝）｜863.57｜108021440

南方從來不下雪

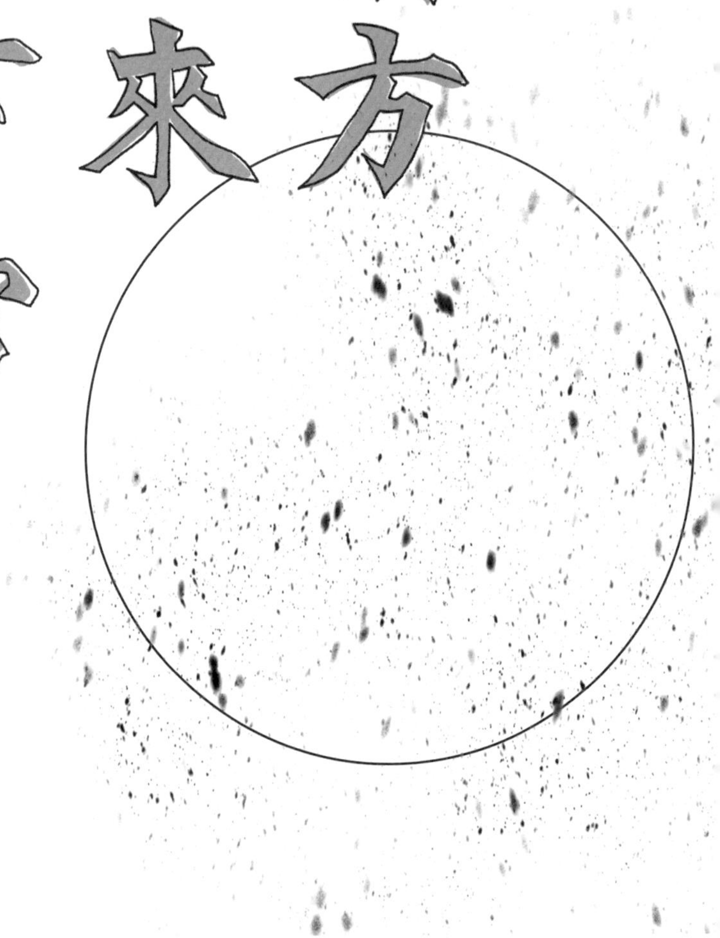